日雇い浪人生活録

金の価値

上田秀人

時代小説文庫

角川春樹事務所

目次

第一章　その日暮らし　7
第二章　米と金　67
第三章　商家と武家　131
第四章　難題追加　194
第五章　継がれたもの　256
あとがき　322
解説……細谷正充　330

江戸のお金の
豆知識1

1両を基準とした金・銀・銅貨の対価表

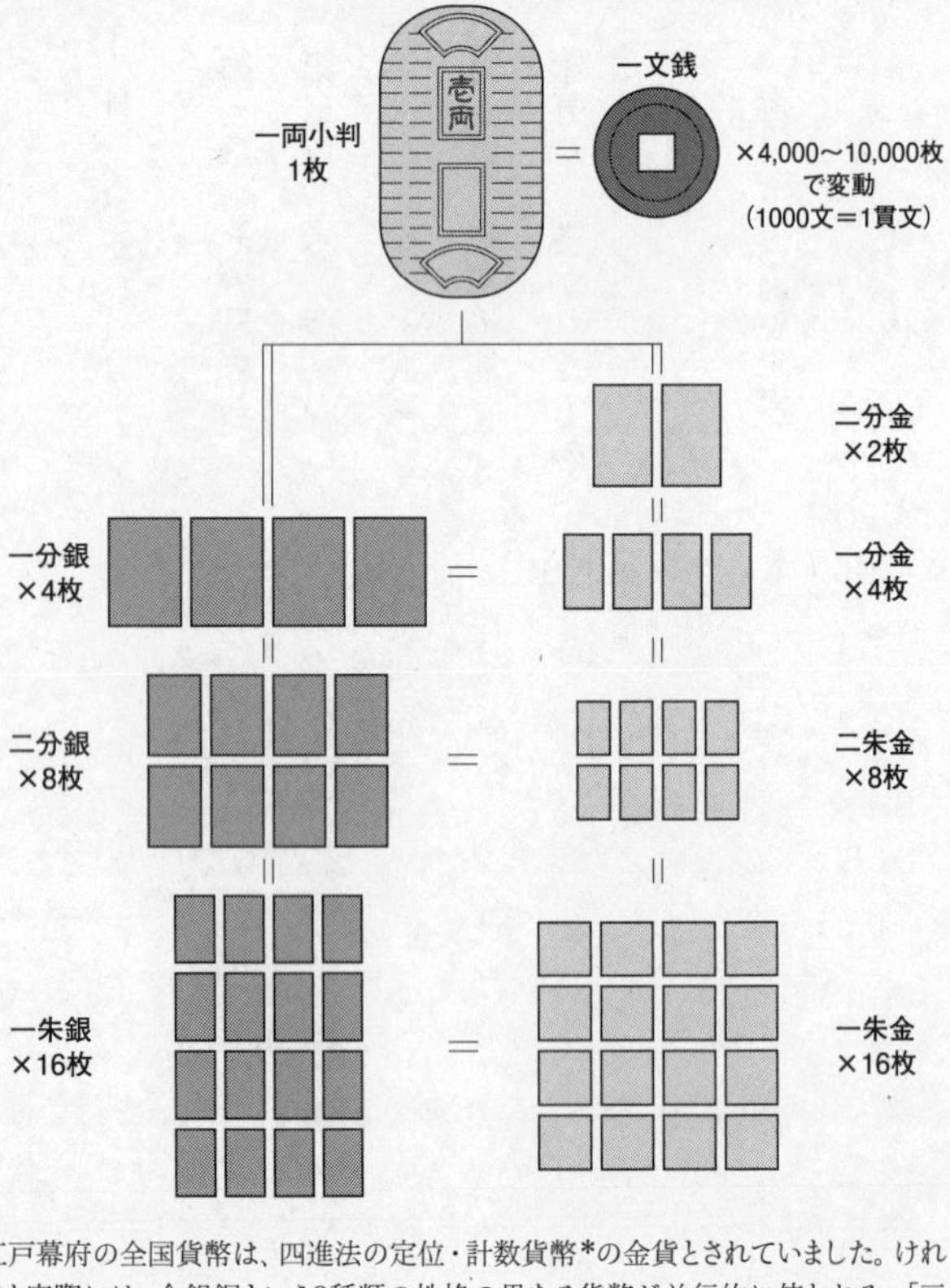

江戸幕府の全国貨幣は、四進法の定位・計数貨幣*の金貨とされていました。けれども実際には、金銀銅という3種類の性格の異なる貨幣が並行的に使われる、「三貨制度」がとられていました。金貨を使うのは主として江戸周辺。それ以外の地方では銀貨が主に使われ、これらの補助通貨として銅貨(銭)が用いられていました。

*定位貨幣:額面の明示されている貨幣　計数貨幣:一定の形状を持ち、一定の価格が表示された貨幣

日雇い浪人生活録◇一

金の価値

第一章　その日暮らし

一

商家の木戸は、盗難を防ぐため硬い桟で固定されている。それも一カ所ではなく、二カ所あった。

「桟の場所はここと ここだ」

深夜、人通りのない通りに三人の影が湧いた。

「まちがいないか」

「ない。この店を造作した大工から訊《き》き出した」

確認した影に、別の影が強くうなずいた。

「その大工から話が漏れるなど……」

「死人はしゃべらねえよ」

訊き出したと言った影が笑った。

「………」

無言で最初の影が、錐《きり》を木戸に当て、穴を開け始めた。穴を開け終わるとそこから針金を入れた。引っかけるように針金を動かす。

「……よし」

続いてもう一カ所も同じことを繰り返した。

「開いたか、砂吉《さきち》」

「ああ。石介《いしすけ》」

影二人が顔を見合わせた。

「岩太《がんた》、ここからはおめえの出番だ」

一人木戸を開けるのから離れていた大柄な男に、砂吉が声をかけた。

「任せろ」

岩太が開いた木戸から、静かに侵入した。

「通いの女中の話だと、上に二人、下に三人」

小声で石介が告げた。

「上は、後でいい」

「………」

黙ってうなずいた岩太が、土足のまま店にあがった。匕首《あいくち》を手に奥へと突っこんだ。

「ぎゃっ」

店で待っていた二人のもとに苦鳴が響いた。

「声を出さすなど、岩太め、腕がなまったな」

石介が嘆息した。

「上が起きるぞ。気を張れ」

冷静に砂吉が対応しようとした。そこへ、死体が一つ転がってきた。

「なにっ」

砂吉が足下に近づいた死体に目をやって驚愕《きょうがく》した。

「岩太……」

石介も絶句した。

「ふふふ」

含み笑いが二人の耳を打った。

「誰だ」

「夜中に忍びこんできたやつに、誰何《すいか》されるとはな」

楽しそうな応えが返ってきた。

「忍びこんだところにいるのだ。その家の者に決まっているだろう」

からかうような口調で、もう一人のお店者《たなもの》が続いた。

「思い通りに話がいくと思っているあたりが、甘い」

「げっ」

背中からした声に、石介が振り向いて目を見張った。

「いつのまに……」

砂吉が唖然《あぜん》とした。

逃げ道を塞ぐように、二人のお店者が砂吉たちの背後に立っていた。

「来るだろうと予想していたが、思ったよりも早かったな」

「ああ。それだけ連中が焦っているということだ」

店の者が語った。

「…………」

汗を掻《か》きながら、石介が出てきたお店者たちを見回した。

「逃げ出せるなどと考えているのではなかろうな」

「くっ……」

言い当てられた石介が唸《うな》った。

「誰がおまえたちを寄こした」

最初に姿を見せたお店者が問うた。

「ふん。言うとでも」

砂吉が鼻先で笑った。

「別に吐かずともよいぞ。誰が、こういった裏を担っているのか知りたかっただけだからな。別に知らずとも困りはせんさ」

形だけの尋問だとお店者が告げた。

「さて、出した三人が行き方知れずになったとわかったとき、お前たちを使った者はどう思うかな」

「こいつっ」

すっと石介が匕首を逆手に構えた。

「やるぞ」

石介と背中を合わせるようにして、砂吉も匕首を抜いた。

「血を垂らすなよ。後始末が面倒だ」

「わかっている。ここも今宵《こよい》までになろう」

お店者同士で話がまとまった。

「くそっ」

すでに殺した後の始末を口にしていることに、石介が切れた。匕首を下から突きあげるようにして振るった。

「届かぬなあ」

嘲笑したお店者が、空振った石介の体勢の崩れにつけこんだ。

「あっ」

匕首を持った手を摑《つか》まれた石介が、そのまま引きずられて倒れた。

「ここまでたどり着いたことは褒めてやる」

お店者の言葉遣いが変わった。

「誇りながら、地獄へ行け」

「むううう」

押さえこまれて動けなくなった石介が抵抗しようとした。

「はっ」

小さな気合いとともにお店者の手刀が石介の首筋を打った。

「ぐっ……」

首の骨を折られた石介が、くぐもった苦鳴を最後に死んだ。

「そっちは」

石介を殺したお店者が、砂吉の相手をした同僚を見た。

「すんだ」

すでに砂吉も倒れ伏していた。

「では、片付けをせねばならぬが……」

「仕方ないこととはいえ、漏らしてくれたわ」

お店者が嫌そうな顔をした。

人は死んだ瞬間、全身の穴が緩み、体内に残っていた便が漏れ出る。

石介と砂吉、岩太の身体《からだ》から異臭がし、水気が店を汚していた。

「塩を持ってこい」

「ああ」

塩は匂いを取ると同時に、水分も奪う。

「明日の日が昇る前に出る。夜逃げに見えるようにな」

「わかっている」

お店者が散っていった。

懐から出した銭入れの軽さが、諫山左馬介《いさやまさまのすけ》の気分を重くした。

「米を買って十日、煮売り屋で朝晩食べれば四日だな」

左馬介は、嘆息した。

「なんとかして、明日には仕事をせぬと、飢《かつ》え死にか、斬り取り強盗をするかになる」

ちらと左馬介は腰のものへ目を落とした。

「これを売るという手もあるか」

無銘ながら先祖代々伝わってきたものである。

「先祖が関ヶ原で手柄を立て、諫山家が始まった。そのとき先祖が使ったのがこれだ。決して粗略にあつかうでないぞ」

左馬介へ両刀を譲るとき、亡くなった父が吾《わ》がことのように自慢していた。

「顔さえ知らぬ先祖の功績にいつまでもすがってられんしのう。まあ、百五十年近く喰《く》えたのだから、ありがたいことだが、その神通力も主君から切り捨てられるまで」

左馬介が苦笑した。

「さて、少しだけあがくか」

長屋を出た左馬介は、表通りへと向かった。

「棟梁《とうりょう》」

「おや、諫山さん。お仕事でござんすか」

煙管《キセル》をくわえながら、職人に指示を出していた棟梁が振り返った。

「なにかないかの。恥ずかしい話だが、金がない」

左馬介が頼んだ。

「そういえば、雨が続きやしたね」

棟梁が納得した。

浪人ものが金を得るにはいくつか方法があった。

一つは自ら剣道場を開く、寺子屋をするなど、経験や知識を生かして礼金をもらうことだ。これは節季ごとに金が入るという利点がある代わりに、弟子が来なければどうしようもないという欠点を持つ。

次が雇われ仕事であった。商家の帳面付け、剣道場の代稽古、用心棒である。これらも安定した収入のもとになるが、数が少なくそうそうありつけなかった。

最後が、日雇いであった。普請場《ふしんば》での雑用、引っ越しや片付けの手伝いなどの力仕事で、日当も生きていくのに不足ないほどもらえる代わりに、天候の影響を強く受けた。

「ああ。おかげで米びつの底が見えた」

左馬介が口の端を吊《つ》りあげた。

「あいにく、うちは人手が足りてましてね」

ちらと棟梁が、頰被《ほっかむ》りで顔を隠している人足を見た。

顔を隠している者は、なにかしら世間をはばかっている。浪人や薄禄《はくろく》の足軽などが、小銭稼ぎの人足仕事を請けたときは、髷《まげ》から侍だとばれないよう、頰被りをすることが多かった。

「先客が居たか。じゃまをしたの。またの機会をよろしく頼もう」

ねばっても無駄だと経験からわかっている。左馬介はあっさりと背を向けた。

「待ちなせえよ。しつこいのは面倒だが、諫山さんはあきらめが早すぎやす」

棟梁が制止した。

「話は最後まで聞くものですぜ」

「なにか仕事があるのか」

左馬介は身を乗り出した。

「分銅屋《ふんどうや》をご存じで」

「……分銅屋といえば、浅草門前西のか。江戸屈指の両替屋だな」

左馬介が目を剝《む》いた。

「さようで。その分銅屋が蔵を建て増すことになりやして、隣の家作《かさく》を買い取ったので」

「これ以上、蔵を建てるだと。どれだけ儲《もう》ければ気がすむのだ、分銅屋は」

棟梁の話に、左馬介はあきれた。

「儲けるから金持ちになるんで」

「たしかにそうだな」

左馬介は納得した。

「で、分銅屋に行って、拙者はなにをするのだ。あいにく剣の腕は人並みだぞ」

「誰も諫山さんに用心棒なんぞ頼みませんよ」

棟梁が笑った。

「それはそれで、いささか傷つくな」

左馬介が嘆息した。

「分銅屋さんが、新しく買われた家の解体と、蔵の新築をあっしが請け負いやした。この普請場に目処《めど》が付いたら、すぐに取りかかりやすが、その前に家のなかを片付けなきゃいけやせん。なんでもかんでも潰して燃やしちまえとはいきやせんからね」

落ちこんだ左馬介を無視して、棟梁が語った。

「たしかにもったいないな」

家を売る前に値打ちのあるものは、すべて持ち去っていく。それでも持ちきれないもの、新居で買い直すものなどはそのまま残される。ときには結構な値打ちものが、天井裏や床下、押し入れの隅に置き去りになっていることがある。先祖が密《ひそ》かに隠したものなど、ときにはとてつもない銘品が忘れられているときもあった。

「お宝を見つけたときは、どうする」

見つけたものは、仕事を請けた棟梁と家の持ち主で折半されることが多い。もっとも職人のほとんどは、見つけたものをこそっと懐に入れてしまう。

「そのぶんも含めて、手間賃をいただいておりやすのでね。出てきたものはすべて、分銅屋さんへ渡しておくんなさい」

「渡せばよいのだな。承知した」

棟梁の指示に左馬介はうなずいた。

「日当は、一日で一朱と昼飯代六十文でよろしゅうござんすか」

「おおっ。結構な金額だの」

　左馬介が喜んだ。

　一朱は一両の十六分の一である。一両がおおむね六千文になるから、一朱は三百八十文ほどになる。人足仕事が一日三百文足らずなのに比して、かなりの金額であった。

「棟梁、おい」

　頬被りをして壁土をこねていた人足が近づいてきた。

「なんですかい、石坂さん」

　棟梁が煙管を口から離した。

「なぜ、そちらを拙者に紹介せぬ。先に仕事をくれと申したのは拙者ぞ。今からでもよい。拙者をそちらに回せ」

　石坂と呼ばれた浪人ものが、棟梁に迫った。

「推薦しなかった理由を言わせますかい。けっこうで。石坂さん、あなたは二度、普請場で手癖の悪いまねをしてくれましたな。こちらが気づいてないとでも」

　棟梁が厳しい目つきで、石坂を睨《にら》んだ。

「……うっ」

石坂が詰まった。

「本当はね。おいらの普請場への出入りを禁じたいくらいなんだよ。だが、そうすれば仕事がなくなるだろう。我慢して使ってやっているんだ。文句があるなら、辞めてくれ」

「…………」

冷たい言葉に、黙って石坂が壁土をこねる作業に戻った。

「じゃ、頼みましたよ。まずは、分銅屋さんに挨拶をしてから、仕事に入っておくんなさい」

「ああ」

目の前で見た浪人の悲哀に左馬介は、気を削《そ》がれた。

「しっかりしてくださいな。諫山さんを信じているから、お仕事をお任せするんですぜ。おいらの名前に傷を付けねえでくださいよ」

棟梁が、左馬介を叱咤《しった》した。

二

浅草は、江戸でもっとも繁華なところである。庶民の崇敬厚い金龍山浅草寺《せんそうじ》への参拝客、それをあてにする店が建ち並び、夜明けから深更まで人通りが途絶えることはない。

「見えた」

浅草寺の境内へ至る少し前、大きな分銅の形を模した看板が目に入った。

分銅屋は、その屋号にちなんで重さをはかる分銅の形をした看板を軒下に掲げている。そこの暖簾《のれん》を左馬介は、潜《くぐ》った。

「おいでなさいませ……」

出迎えた手代らしい若い奉公人が、左馬介を見て戸惑った。

両替屋は、小判を小銭に、小銭を小判に替えたり、金を貸したりするところである。小判など庶民の生活には、まずかかわりはないし、分銅屋ほどになると大名や高禄《こうろく》旗本、豪農、豪商など借財の金額が数千両規模でなければ相手にしない。手代がみすぼらしい姿の左馬介に戸惑ったのも当然であった。

「観音堂の棟梁から紹介を受けて来た。諫山左馬介と申す。隣の家のことをおわかりの御仁がおられれば、お目通りを願いたい」

名乗った左馬介は、用件を告げた。

「棟梁の。しばらくお待ちを」

手代が店の奥へと消えていった。

「奥へどうぞ」

戻って来た手代が、左馬介を奥へと案内した。

「こちらでお待ちを」

左馬介は客間に通された。

「仕事をもらいにきた浪人へ、ずいぶんとていねいな扱いだ。さすがは鳴らした豪商だけのことはある」

普通ならば、勝手口へ回され、台所で立ったまま指示をされる。それが客間へ案内される。左馬介は分銅屋の見識に感心した。

「こちらかい。ごめんを」

確認をする声に続いて、壮年の商人が顔を出した。

「お邪魔をしておる。観音堂の棟梁から紹介された。諫山左馬介でござる」

左馬介は先に名乗った。

「これはごていねいに。この家の主《あるじ》、分銅屋仁左衛門《にざえもん》でございまする」

下座についた商人が両手を突いた。

「お仕事をお引き受けいただいたと伺いましたが」

「さようでござる。よしなにお願いをいたしたい。一応の話は観音堂の棟梁から聞いておるが、詳細は分銅屋どのから伺うようにとの」

左馬介が仕事の内容を尋ねた。

「隣家の片付けでございます。隣は、駿河屋《するがや》さんというお旗本相手の貸し方のお店《たな》でございましたが、商売がうまくいかなかったのでしょうね。半月ほど前に突然空店《あきたな》になりました。その後を、大家さんから頼まれてわたくしが買い取りました」

貸し方とは、金貸しのことである。

「大家が手放した」

左馬介が首をかしげた。

江戸の土地は貴重である。ましてそれが浅草門前町となれば、千金を積んでも買えはしないほど高い。そして家作は家賃を生む。浅草門前町の家作の家賃となれば、一軒で十分生活できるほどの金額になる。まさに金のなる樹《き》であった。

「お武家さまにはおわかりになりにくいことでございましょうな。商売が左前になって、夜逃げした家作は縁起が悪いとして、借り手が嫌がるのでございますよ」

「縁起担ぎ。なるほど」

左馬介は理解した。

「では、早速始めさせていただこう。出てきたものは、どなたに確認を願えばよいのかの」

「すぐにお始めいただけますか。助かりまする」

質問した左馬介に分銅屋が喜んだ。

「わたくしをお呼びいただければ結構でございまする」

「よろしいのか。お忙しいであろう」

大店《おおだな》というのは、その商いのほとんどを子飼いの番頭がおこなう。とはいえ、主が遊んでいるわけではなかった。商いを他人任せにする主の店は傾くというのもあるが、主でないと困る客がいるからであった。身分ある武家、借金していることを他に知られたくない商家の主などである。分銅屋ほど有名な店になると、その手の客だけでも、日に何人と来る。

「来客中はお待ちいただきますが、わたくしでないと判断できないものもございましよう。番頭辺りにさせてまちがいがあっても困りましょう」

「了解した」

首肯して左馬介は立ちあがった。

「手代に案内を命じております。閂《かんぬき》をはずさせますので」

「助かる」

手はずの説明に、左馬介は謝意を示した。


六年前、将軍の座を嫡男家重《いえしげ》に譲り大御所となった吉宗《よしむね》は、死の床にあった。

「上様がお出《い》でてございまする」

大御所付き側用人《そばようにん》小笠原政登《まさなり》が、横たわっている吉宗の足下で手を突いて報《しら》せた。

「お、起こせ。お迎えをせねばならぬ」

吉宗が起きようとした。実父とはいえ、隠居した大御所は将軍よりも格下になる。寝たままでの応接は失礼になった。

「大御所さま」

あわてて小笠原が駆け寄った。

将軍を退いた翌年の延享三年（一七四六）、吉宗は中気《ちゅうき》を発症した。一時は身動きさえ取れないほど酷い状況だったが、小笠原の献身的な介護のおかげで、西の丸から本丸まで歩けるていどまで回復していた。しかし、先日、二度目の中気発作を起こし、寝たきりの状態になっていた。

「二度目は命取りでございますれば……」

天下の名医を集めた奥医師たちが首を左右に振った。

「死ぬまでに、一度上様にお目通りを」

末期《まつご》が近いと悟った吉宗は、九代将軍家重の見舞いを望んだ。親子でも、将軍の見舞いを求めるなど不遜の誹《そし》りを受けかねない。だが、家重は父の願いを受け、本丸から西の丸まで足を運んだ。

「ご無礼を」

小笠原が、吉宗の背中に手をあて、抱えるようにして起こした。

「お見えでございまする」

吉宗の寝所を警固する小姓番が声を張りあげた。

「ははっ」

無理に吉宗が上体を伏せようとした。

「大御所さま」

中気に侵された身体は、随意に動かせなくなっている。吉宗はまっすぐ上体を折ったつもりだったが、実際は大きく傾《かし》ぎ、あわてて小笠原が肩を摑むという有様であった。

「ああ」

襖《ふすま》が開いて、寝所に入ってきた家重が、吉宗の様子に声を上げた。

「そのままで。楽にせよとのご諚《じよう》でございまする」

付き従っていた側用人大岡出雲守忠光《いずものかみただみつ》が代弁した。

九代将軍家重は、幼少のころ熱病を患い、言語が不明瞭になっていた。

その家重の意思を大岡出雲守だけが、的確に読み取ることができ、代わって内容を伝える役目を担っている。

「かたじけなき仰せ」

吉宗が身体の力を抜いた。

「…………」

「上様に一つお願いいたしたき儀がございまする」

枕元に座った家重へ、吉宗が口を開いた。

「も、もう」

「申せとのご諚でございまする」

大岡出雲守が代弁した。

「このままでいけば、幕府は百年もちませぬ」

力なく吉宗が頭を垂れた。

「わたくしめが、将軍となりましたとき、幕府に借財はございませなんだが、金蔵には数千両しか残っておりませなんだ。天下の主、将軍家に戦《いくさ》を起こすだけの金がない。もし、島津あるいは、前田が謀反をしても、討伐に向かえない。これでは武家の統領とは言えませぬ」

大坂の陣で豊臣を滅ぼしたとき、幕府は数百万両の金を大坂城から奪った。その金があったからこそ、二代将軍秀忠は家康が死んだとき、弟たち御三家へすべてを与えると遺産の受け取りを拒んだ。

「吾《われ》は天下を譲られし。他に望むものなどない」

秀忠の言葉で、家康の残した金は御三家へ配られた。それだけの余裕が幕府にはあった。

しかし、その想像を絶する金も、三代将軍家光の江戸城増築、寛永寺創建、日光東照宮改築、四代将軍家綱のときの明暦火事の復興、五代将軍綱吉の生類憐《しょうるいあわ》れみの令にかかわる費用、寺院の建立《こんりゅう》、六代将軍家宣《いえのぶ》による大奥改築で吹き飛んだ。

「金のない将軍など、張り子の虎でござる。わたくしは、なんとか幕府が戦を起こせるだけの備蓄をと思い、いろいろとやって参りました」

吉宗は将軍になるなり、大奥を縮小、幕政を改革、新田開発に取り組んだ。

「はては、諸大名にすがるような上米令《あげまい》まで出し申した」

上米令は上米の制とも呼ばれる。享保《きょうほう》七年（一七二二）に吉宗が制定したもので、諸大名に対し、一万石につき百石の上納を命じた。ただし、上米をおこなった大名は、在府の期間を半分にするという条件を付け、物価の高い江戸での生活を短くすることで、大名の反発を抑えた。

毎年数万石の米を手にすることができ、幕府の財政は大いに改善されたが、欠点もあった。

「幕府には金がないのではないか」

諸大名に、幕府の緊迫さを教えることになってしまったのだ。

金があればこそ、諸大名も徳川家に従っている。その大名が、幕府への恐怖を薄れさせるのはよくなかった。

「諸大名だけならばまだしも、朝廷にも幕府が貧乏だとばれてしまいました」

吉宗が苦く顔をゆがめた。

上米の制がなにより失敗だったのは、朝廷に幕府が財政危機だと知られたことであった。

公家《くげ》は幕府から与えられる朝廷領で生きている。

旗本と同じだが、忠誠心など欠片《かけら》もなかった。当たり前である。征夷大将軍という地位も朝廷から与えられるもので、権威からいけば、将軍より五摂家《ごせっけ》が格上になる。

公家たちにしてみれば、幕府から支給される禄は、寄付のようなもの、いや、神社におけるお賽銭《さいせん》あるいは、献上品であった。

金はもらうが、それに縛られない。いや、金があるから幕府にくっついている。公家というのは、喰えなくなると金のあるところに寄生する。かつて戦国のころ、多くの公家が荒れ果てた都を捨てて、周防《すおう》の大内、駿河の今川などへ寄寓していたのは事実である。

裏返せば、金のない者には目もくれないのが公家であった。

「金がなくなった徳川ではうまみがない。ならば、次の天下人をと動き出すのが、あやつらでござる」

吐き捨てるように吉宗が述べた。

「まことに申しわけございませぬ。わたくしめは、幕府百年の計を考えたつもりで、滅びの峠を下っておりました」

「そ、その、き……」

「そのようなことはない。気に病むなとの仰せでございまする」

家重がいたましい顔をし、大岡出雲守が代わって告げた。

「お優しいお心に吉宗、恐悦いたすのみでございまする」

無理をして吉宗が頭を垂れた。

「しかし、このまま上様のご温情に甘えたまま、この世を去るのはあまりに情けなし。つきましては、いささか考えもございまする。今、一手、わたくしめにお預けくださいますよう」

もう一度、幕政改革の策をおこなわせて欲しいと、吉宗が願った。

「ま、まかせ」

「任せるとのご諚でございまする」

「かたじけのうございまする」

感謝した吉宗が、家重の顔を見つめた。

「上様にはよりよい天下をお渡ししたいと思っておりましたが、このようなことになりましたことを深くお詫《わ》びいたしまする。おそらく、これが最後のお目通りとなりましょう」

そこまで言った吉宗の目から涙がこぼれた。

「どうぞ、どうぞ。お健やかにお過ごしくださいますよう」

「うん、うん」

家重も泣いた。

「出雲守、上様をよろしくお支えしてくれるよう」

「この命にかけましても」

大岡出雲守が手を突いた。家重の意思がわかるというだけで、大岡出雲守は重用され、側用人まで出世している。

代弁者という役目がら、家重から離れるわけにはいかず、四代将軍家綱の酒井雅楽頭《うたのかみ》忠清、五代将軍綱吉の柳沢美濃守吉保《みののかみよしやす》のように、執政の仲間入りをするというわけにはいかないが、大きな権を握るのはまちがいない。そして、それは家重がいてこその話である。家重になにかあったとき、真っ先に消えるのは大岡出雲守なのだ。

大岡出雲守の忠誠はたしかなものであった。

「ここから先は、お聞かせするわけには参りませぬ。闇は死にいく者が背負うべきもの。どうぞ、お戻りを」

吉宗が家重に別れを告げた。

「……ま、あだ、っし」

「まだ死ぬことを許さぬとの御命でございまする」

「…………」

家重の命に、吉宗は応えなかった。

「その者は、残るように」

大岡出雲守の背後で、じっと端座していた若い旗本に吉宗が指示した。

「大御所さま。あの者をご存じでございますか」

小笠原政登が驚いた。

「田沼の跡継ぎであろう」

吉宗が確認した。

「はっ。田沼主殿頭《とのものかみ》意行《おきゆき》の嫡子主殿頭意次《おきつぐ》でございまする。小姓番頭《ばんがしら》兼御用取次見習いを務めさせていただいておりまする」

田沼意次が平伏したままで、名乗った。

「よく似ておるな。意行はよく余に仕えてくれた」

「畏《おそ》れ入りまする」

吉宗に父を褒められた田沼意次が恐縮した。

田沼意次の父意行は、吉宗がまだ紀州徳川家の部屋住みであったころから仕えていた。後、吉宗が将軍になったとき、選ばれて旗本となり江戸へ出てきた。奥小姓、小姓、小納戸《こなんど》頭取《とうどり》を歴任、終生吉宗の側に侍した。

意次は、その父の死を受けて家督を相続、享保十九年（一七三四）まだ将軍世子《せいし》だった家重の小姓となり、そのままずっと小姓であり続けていた。

「行ったか」

去った家重の消えた襖を、吉宗が愛《いと》しい目つきで見送った。

「政登、見張りをいたせ」

「はっ」

小笠原が、病間の外へと出た。

「……ふうう」

吉宗が全身の力を抜いて、夜具に横たわった。

「大御所さま」

意次が駆け寄った。

「よい。もう数日だろう」

おろおろする意次に、吉宗が手を振った。

「人はかならず死ぬ。どれほど金があろうが、力があろうが、寿命には勝てぬ。いや、戦いすら挑めぬ」

吉宗が天井を見つめた。

「紀州の要《い》らぬ子から、将軍まで上った。吾ながら強運であったと思う」

「天運をお持ちだったのでございまする」

意次も同意した。

「……天運。あと五年早ければの」

小さく吉宗が嘆息した。

「無念ながら、余にはもうときがない。そして家重には人望がない」

「大御所さま」

意次が声を出した。

「事実じゃ」

吉宗が断言した。

「上様は、賢君であらせられまする」

側近くに仕える者として、意次が抗議した。

「たしかに家重は英邁《えいまい》じゃ。よく物事の道理もわかっている」

吉宗も家重の素質は認めていた。

「だが、万人と意思の疎通がはかれぬ。一人大岡出雲だけが、家重の意思を理解できる。これがよろしくない。本当に家重がそう言っているのかどうか、誰も確認ができぬ。もちろん、大岡出雲の忠義を余は疑っておらぬ。大岡出雲が家重の発言を都合良くゆがめることなどありえぬと信じている。しかし、皆がそうとは限らぬ」

「…………」

「老中どもも疑うであろう。これが本当に将軍の意かどうかと。それを確かめる術がない。確かめようとすれば、どうしても大岡出雲を通じねばならぬのだ。大岡出雲を疑うのに、大岡出雲に確認するなど、無意味である。疑いは消えぬ。執政衆に疑いをもたれれば、将軍の権威は衰える。余あるいは、五代将軍綱吉公のように、吾が意思を強硬に主張できれば親政ができるが、家重には無理じゃ」

吉宗が首を左右に振った。

「家重は後世、暗君と罵られよう」

「大御所さま」

泣きそうな声で言った吉宗を、意次が気遣った。

「それがおわかりでありながら、なぜ家重さまに。田安宗武《たやすむねたけ》さま、もしくは一橋治察《ひとつばしはるさと》さまに九代将軍の座をお譲りになられても」

意次が問うた。

「宗武は小才子すぎる。賢そうに見えるが、その奥にあるのは欲望じゃ。あやつを将軍にしたならば、まちがいなく余のまねをして親政しようとするであろう。名君と讃《たた》えられたいという欲望に基づく施政など、民草にとって苦痛でしかない。そして宗武は、己が賢いと思いこんでおるゆえ、諫言《かんげん》を聞かぬ。耳の痛い意見を受け入れられぬ将軍は、暗君以上に質《たち》が悪い」

「では、治察さまは」

もう一人の継承者はどうだと意次が尋ねた。

「治察はまだ宗武よりましだ。覇気もないしの。三人のなかでもっとも無難だが、治察を世継ぎにはできぬ」

「なぜでございましょう」

意次が首をかしげた。

「兄なればこそ、辛抱している。それが弟に抜かされてみよ。宗武に我慢できまい。

それこそ思いきったまねをしかねぬ」

はっきりと吉宗が否定した。

「長幼の序というのは、大義名分なのだ。この大義名分を破るだけの理由は、なかなか見つからぬ。乱世ならば、生き抜くためにといえるが、泰平では戦いがないゆえにこれを理由には使えぬ。宗武は家重に対して、逆らえぬ。だが、逆はいかぬ。治察を将軍にする。それは、最初から長幼の序を狂わせているのだ。大義名分は宗武にある。それこそ、天下を割りかねぬ。あやつには逆順を飲みこむだけの器量がない」

吉宗は宗武を将軍の器ではないと切り捨てた。

「無駄なことを言わせるな」

しゃべりすぎた吉宗が疲れた。

「申しわけございませぬ」

叱られた意次が詫びた。

「ようは家重では、余の失態をかばえぬ」

「大御所さまの失態などございませぬ」

意次が否定した。

「失態だらけよ。まあ、一々挙げていたら、日が暮れる。一言でいえば、余は幕府の弱さを世間に報してしまった。幕府に金がないことをな」

　もう一度吉宗が反省した。

「金のない幕府は、怖れられぬ。怖れられなくなってしまえば、幕府は倒れる。そうならぬようにするためには、金を稼ぐしかない」

「新田開発でございますか」

　武士の収入は年貢、すなわち米であった。

「それもせねばならぬが、あらたに新田を開くだけの土地はあるまい。すでに開発し尽くしておろう。家康さまが天下を平らげられて以来、幕府の石高は倍をこえた。そのほとんどが、新田じゃ」

「……………」

　意次は反論できなかった。

「米の増加が見こめないのも一つの要因ではあるが、なによりも天候で穫《と》れ高が変わり、売却価格が上下する米は、あてにできぬ」

「……なにを仰せに」

　武士の根本を揺るがしかねない発言に、意次は慌てた。

「今年どれだけの収入があるか、わからずして普請や開発などの計画は立てられまい。

一年ごとに収支が変化し、継続した施政を計画できない体制。これが今の幕府だ。これではいかぬのだ」

強く吉宗が言った。

「幕府は米依存から脱却せねばならぬ」

「無茶なことを……」

意次が絶句した。

「米のように安定しないものではなく、毎年決められただけのものが入る金へと代わっていかねばならぬのだ。余は、ようやくそこに気づいた」

吉宗が述べた。

「意次、そなたに託す」

「な、なにを……」

言われた意次が目を剝いた。

「すべてを壊し、あらたに造りあげる。これは困難なことだ」

最後の気力とばかりに吉宗が声を強くした。

「とても、とても、わたくしごときでは……御執政の方々に」

意次が拒絶した。

「紀州からずっと付いてきてくれている者たちでなければ、信用できぬ」

はっきりと吉宗が告げた。

「老中や若年寄など、将軍を飾りだとしか思っておらぬ。あんな連中に家重と天下を預けられるか」

吉宗が吐き捨てた。

「上米を余の失策にし、大御所にまつりあげたのは、あやつらだ。余は、あと五年将軍でいるつもりでいた。五年在れば、あるていどの地固めはできる。そう思っていた……」

無念そうに吉宗が目を閉じた。

「……繰り言の暇はない。近いうちに余の意を受けた者が、そなたを訪れる。そやつらを自在に使え」

吉宗の顔色は悪くなっていた。

「大御所さま。そやつらとは一体……」

「頼む。家重を支えてやってくれ。大岡出雲は側から離れられぬからな。自在に動けるそなたが……」

意次の問いに答えず、興奮しすぎた吉宗が気を失った。

「大御所さま。医師を、医師を急げ」

意次が叫んだ。

隣室に待機していた奥医師たちが駆けつけてきたが、とうとう吉宗の意識は戻らなかった。

寛延四年（一七五一）六月二十日、大御所徳川吉宗は死んだ。享年六十八。紀州藩主の四男から将軍にまで駈《か》けのぼり、享保の治世と讃えられる倹約をなしとげた吉宗が、最後に願ったのは、長男の行く末であった。

三

商いをあきらめた店というのは、なんともいえず寒々しいものである。

分銅屋から依頼された空き家の整理を始めた左馬介は、あちらこちらに散っている反古紙《ほごがみ》の端、崩れて傾いた結界《けっかい》などに無情を感じていた。

「なんともさみしいものよな」

左馬介も長屋の一人暮らしではあり、家財道具もほとんどない。それでもまだ長屋のほうがましであった。

「人のいなくなった家は死ぬというが、このことかも知れぬ」

嘆息しながら、左馬介は落ちているものを拾い、分銅屋から貸し出された塵籠《ちりかご》へと入れた。

「結界のなかには……帳面がそのまま残っているではないか」

左馬介は驚いた。

結界とは、店の奥に設けられた場所のことだ。ほとんどは木で作られた一尺（約三十センチメートル）ほどの高さの仕切りで三方を囲んだだけのもので、このなかに主あるいは番頭が入って、金の計算をする。金箪笥《だんす》の鍵などをしまっておくところでもあるため、許された者以外は、なかに入れなかった。ここから結界と呼ばれていた。

「…………」

出てきた帳面を左馬介は読んだ。

「結構どころか、かなり稼いでいたようだな。あちこちに金を貸して……」

ふと左馬介が帳面を捲《めく》る手を止めた。

「なんだこれは……貸してはいるが返済がほとんどなされていない」

あわてて左馬介は、帳面を繰った。

「とくにこの遠藤但馬《たじま》という武家への貸し出しは、一度も返済の記録がない。それにもかかわらず、毎月のように貸しが出てる」

左馬介は浪人である。字は読めても算盤《そろばん》は使えない。だが、商人が金を返さない客に、貸し続けることが異常だとわかっていた。

「……潰れて当然だな。これは」

帳面を屑籠《くずかご》に入れかけて、左馬介は思案した。

「なんでもいいから、気になるものを持ってこいと分銅屋は言っていたな」

左馬介は帳面を、屑籠の隣に置いた。

「………」

続いて左馬介は、金箪笥の扉を開けた。

金箪笥は、その日に要るだけの金を保管する場所であった。しばらく使わない金を入れる金蔵と違って、鍵が一つあるだけの簡素なものである。

「鍵は……開いている。当たり前だが、なかは空だな」

左馬介は苦笑した。

「神棚はそのままか」

金箪笥の上に神棚があった。神棚にはまだお札《ふだ》が祀《まつ》られていた。

「三囲《みめぐり》の社か。まったく神を放置するなど、罰《ばち》当たりが……そうか。だから店を潰して逃げたのか」

一人納得しながら、左馬介は店部分を調べ終わった。

「奥へ取りかかる前に、帳面を渡してくるか。いささか、喉も渇いた」

まだ足を踏み入れてはいないが、台所には水壺《みずつぼ》がある。とはいえ、いつから放置されているかわからない水を飲む気にはならなかった。

「番頭どの。主どのにお目にかかりたい」

分銅屋の店に戻った左馬介が求めた。

「どうぞ、そのまま奥へ。諫山さまはすぐに通っていただけとのことでございます。今後は、お声をおかけいただかなくとも大事ございませぬ」

「そうか。助かる」

左馬介は番頭の許可を得て、奥へと入った。

「おや、諫山さま。ずいぶんとお早い。なにかお気になるものでも」

分銅屋仁左衛門が、顔を出した左馬介に驚いた。

「気になるものはなんでも持ってくるようにとのことであったからの。遠慮なく来たのだが……一日の最後にまとめたほうがよかったか」

左馬介が遠慮した。

「いえ。どうぞ。お座りを。おい、お茶とお茶請けを出しなさい。諫山さま、お腹は」

手を叩《たた》いて女中を呼んだ分銅屋仁左衛門が訊いた。

「助かる。空腹だ」

朝からなにも食べていない。左馬介は情けなさそうにうつむいた。

「では、お喜代、握り飯を五つほどご用意なさい」

「はい」

主人の身の回りの世話をする女中はどことも見目麗しい。少し、歳を喰っているようだったが、十分に美しい女中がうなずいて下がった。

「で、何が出ましたか」

「これだ」

あらためて問うた分銅屋仁左衛門に、左馬介は帳面を渡した。

「金銭出入り帳面……貸し方屋ならばあって当然なものですが」

受け取った分銅屋仁左衛門が首をかしげた。

「とにかく見てくれ」

左馬介は促した。

「……………」

無言で分銅屋仁左衛門が帳面に目を通し始めた。

「おまたせをいたしました」

しばらくして女中が握り飯と汁を持って来た。

「どうぞ」

帳面を読みながら、分銅屋仁左衛門が勧めた。

「遠慮なくいただこう」

左馬介は、まず汁を口にした。

「……うまい」

男やもめの一人暮らしで、なんとか喰いつないでいる。汁物など作ることもなく、半年ぶりくらいの味噌汁《みそしる》に、左馬介は思わずため息が出た。

喉の渇きが癒えると同時に、胃の腑《ふ》へと降りた味噌汁が食欲を刺激した。

「……………」

左馬介は夢中で握り飯を頬張った。

五つの、やや大きめの握り飯は、あっという間に左馬介の腹のなかへと消えた。

「馳走《ちそう》であった」

掌《てのひら》に付いた米粒まで平らげて、左馬介は軽く頭を下げた。

「よろしゅうございました」

帳面から分銅屋仁左衛門が顔をあげた。

「諫山さまは、算勘《さんかん》がおできになる」

「できるというほどではない。足し引きと、簡単なかけ算くらいだ」

分銅屋仁左衛門の問いに、左馬介は応えた。

「十分でございまする。よく、この帳面をお持ちくださいました」

満足そうに分銅屋仁左衛門がうなずいた。

「いささか収支が合っておらぬように見えたのでな」

あらためて供された茶で口のなかを洗うようにしながら、左馬介は応じた。

「合いませんな。この帳面が真実だとすれば、天下の金持ち、日本橋の越後屋でも三年保《も》ちますまい」

分銅屋仁左衛門が小さく首を左右に振った。

「それほどか」

左馬介は驚いた。

「暇をかけて読み解いたわけではありませぬゆえ、正確とは申せませぬが、確実に損失が利益の数倍をこえておりますな」

「ひどいな」

左馬介があきれた。

「いや、諫山さまがお引き受けくださってよかった」

ほっと分銅屋仁左衛門が安堵《あんど》の息を吐《つ》いた。

「お店には、もっと優秀な奉公人がおられように」

左馬介が分銅屋仁左衛門の態度に首をかしげた。

「店の者には、要らぬことを知らせたくはございませんので。番頭も夜逃げした店を買うなど縁起が悪いと反対しておりましてね」

分銅屋仁左衛門が苦笑した。

「普通はそうだの」

左馬介は納得した。

商売人は金というこれ以上ない現実をあつかう割に、迷信深かった。店の前に塩を盛る、家作の普請で鬼門《きもん》を気にするなど、どこでもやっていた。

「ですが、迷信ばかりでは商いになりませぬ。隣が空いたならば、金を借りてでも買え。これも真実でございますよ」

分銅屋仁左衛門が述べた。将来店を大きくするにも、両隣がふさがっていてはできない。さらに、今まで住んでいた者が出ていき、新規が来たとして、そいつがまともとは限らない。それこそやくざ者や、匂いの強いものを商う店などが入られてはたまらない。

「幸い、商いは順調でございます。土地と家作は、できるだけ持つのが得策。世のなか、なにがどうなろうとも、地面を持っている者がもっとも強い」

「そういうものか。拙者のように十日ごとに店賃を払うような貧乏人には、わからぬ」

左馬介が首を左右に振った。

「さて、まだ日は高い。もう少し仕事をして参ろう」

これ以上遊んでいては、日当を減らされる。左馬介が立ちあがった。

「またなにかございましたら、ご遠慮なく」

「そうそう、みょうなものに出てこられても困るわ」

見送る分銅屋仁左衛門に、左馬介が首をすくめた。

空き家へ戻った左馬介は、明かりのあるうちにと奥へ進んだ。

「思ったよりも狭いの。六畳間が一つに四畳半と土間台所、厠《かわや》だけか」

夜逃げの慌ただしさを見せつけるかのように、六畳間には夜具が取り散らかされており、台所に至っては、茶碗《ちゃわん》や箸がそのまま残されていた。

「まだ使えるというに、もったいない」

左馬介は、欠け一つない茶碗やお鉢に手を伸ばした。

「もらえぬかの」

今、左馬介が使っている茶碗は、縁が三カ所欠けていた。

「洗えばどうしても、角があたるでな」

一人で言いわけしながら、左馬介は台所の押し入れを開けた。

「米櫃《こめびつ》……重いぞ。えっ、米がこんなに残っている」

左馬介は米櫃の半分以上ある米に驚いた。

米は幕府によって価格が統制されている。おかげでとてつもない価格になることはまれであるが、それでもこれだけの米を買うには、けっこうな金額が要った。

「吾《われ》ならば、これだけで二カ月は喰える」

菜を買う金のない左馬介は、その分米を喰った。その左馬介でさえかなりの量だと認めるくらいあった。

「となると、味噌も醬油《しょうゆ》も……むうう」

両方ともたっぷりあった。

「夜逃げするに重い夜具や米、醬油などを残していくのは当然だが……」

左馬介に夜逃げの経験はないが、なにせ住んでいるのが裏長屋である。家賃を払えず、夜逃げした者にはことかかない。

何度も左馬介は夜逃げした跡を見ていた。

「夜逃げの肝は、いかに見つからないようにするかだ」

借金を捨てて逃げ出すのだ。見つかっては困る。また、貸したほうも警戒していた。返済状況を見れば、夜逃げするかどうかはあるていどわかる。返済が滞った段階で、見張りを付けたりしていた。

その目をごまかして逃げるのだ。身軽でなければならないのは当然、米や味噌醬油は生きていくのに絶対要るが、重くかさばる。それを持ち出すならば、もっと他に選ぶものはあった。

まず金。夜逃げするくらいだから金はないだろうが、簡単に換金できるものくらいはある。

「米や味噌、醬油を置いて逃げるのはわかるが、これほどの量があるとは思わなかったな。支払いはどうしたのだろう」

左馬介はあらたな疑問を感じた。

米や味噌に限らず、町内での買いものはそのほとんどが付けであった。店によって締め日は違うが、月末、年末ごとにまとめて金を払う。こうすることで店は、細かい釣り銭を用意しなくてすむ。

「もし、支払いがなされていないならば、夜逃げとわかった時点で、残っている商品を回収するはずだが……」

もう一度左馬介は店のなかを見て回った。

「荒らされたようすはないな」

左馬介は独りごちた。

「まあいいか。そろそろ日も暮れる。今日はここまでにして帰ろう」

左馬介は、分銅屋へと顔を出した。

「帰ってもよいかの」

仕事を終えた報告と同時に日当の請求をしなければならない。

「ああ。諫山さま。どうぞ、奥へ」

「いや、お忙しい主どののお手を煩わせるのもなんだ。ここで失礼しよう」

すでに一度握り飯を馳走になっている。今度も当然だと顔を出すのは厚かましい奴《やつ》と思われる。左馬介は番頭の勧めを断った。

「いえ、直接主がお支払いをいたしますので」

「そうか。では、少しだけ」

金をもらわねば、今夜も空き腹を抱えて寝なければならなくなる。左馬介は、奥へと向かった。

「ごくろうさまでございます」

顔を出した左馬介を分銅屋仁左衛門がにこやかに迎えた。

「お疲れではございませんか」

「左官の下職よりは楽であった。土こねは、きつい」

正直に左馬介は応じた。

「そのようなこともなさいますか」

「生きていかねばならぬでな。えり好みはしてられぬ。左官の土こね、廻船《かいせん》問屋の荷出し、荷受けの手伝い、日当さえもらえるならば、なんでもな。仕官などとうにあきらめた」

左馬介は苦く頬をゆがめた。

「さすがでございますな。そのあたりを勘違いなさっておられる方が多いというのに」

分銅屋仁左衛門が感心した。

「急《せ》かすようで悪いが、日当をいただけるか」

あまり遅くなると行きつけの煮売り屋の飯が冷めてしまう。金のあるときくらい、温かい飯を喰いたかった。

「これは失礼を」

用意してあった小さな紙包みを分銅屋仁左衛門が差し出した。

「ありがたく」

もらった金はその場で開くものであった。目の前で足りているかを確認しないと、後での不足はとおらなかった。

「えっ……」

紙包みをほどいて左馬介は驚いた。なかには二朱銀が一枚入っていた。

「多すぎる。なにかのまちがいではないか。一日一朱と昼飯代六十文の約束であったはずだ」

約束した日当のほぼ倍であった。

「いささか多うございますが、それは褒賞ということで。帳面を見つけてくださった御礼と、これからもよろしくという挨拶を兼ねまして」

分銅屋仁左衛門が述べた。

「もらえるものならば、ありがたく頂戴するが、これだけの仕事はしておらぬだけに、申しわけない気がする」

恐縮しながら、左馬介は金を懐へ納めた。

「仕事はあと一日、多くて二日見ていただければいい」

左馬介はそうときはかからないと言った。

「おや、そんなに早く」

分銅屋仁左衛門が驚いた。

「あのていどの家では、床板をはがしてもそこまでかかるまい」

「たしかに」

なんども分銅屋仁左衛門が、左馬介の話にうなずいた。

「では、今日はこれで」

「はい」

帰ると言った左馬介に、分銅屋仁左衛門がうなずいた。

「そうだ」

腰をあげかけて左馬介は、分銅屋仁左衛門に顔を向けた。

「米と味噌と醬油が大量に残っておった。支払いはどうなっているか知らぬが、虫が付いたり黴《かび》が入る前に、なんとかしたほうがよいのではないか。もったいないと思う」

「さようでございますな。あとで奉公人に取りに行かせましょう」

分銅屋仁左衛門が告げた。

「そうしてくれ」

左馬介は、分銅屋仁左衛門の前から去った。

「日延べを企まず、米、味噌のことも報告する。……そのうえ、要りようなものを見抜くだけの頭がある。これは拾いものでしたね」

一人になった分銅屋仁左衛門が左馬介の座っていた場所を見ながら、呟《つぶや》いた。

金があるというのは、うれしいものである。

二朱は、銭にして七百五十文ほどになる。飯と菜、汁で六十文から八十文、それに酒を一杯付けたところで百文もいかない。一日三食ならば二日、二食で辛抱すれば、三日以上もつ。とはいえ、家賃も支払わなければならないので、せいぜい二、三日だが、それでも心に余裕が出た。

左馬介は長屋に戻る前、たまに訪れる煮売り屋へと入った。

「亭主、飯を山盛りにしてくれ。汁はなにがある。そうか、根深《ねぶか》があるか。ではそれをもらおう。あと酒を椀《わん》に一杯」

「…………」

寡黙な親爺《おやじ》が左馬介の注文にうなずいた。

「鰯《いわし》の醬油煮かあ……いくらだ」

「一尾十文」

問われた亭主が端的に答えた。

「……二尾もらおう」

少し考えた左馬介だったが、わずかな贅沢《ぜいたく》を自らに許した。

醬油で煮染《にし》めた鰯は、飯だけでなく、酒にもよくあった。

「馳走であった」

満腹になった左馬介は、百十四文を支払って煮売り屋を出た。

「……ふうう」

久しぶりの酒に、左馬介は軽く酔っていた。

「旦那、ごめんくださいまし」

正面から近づいてきた町人が、左馬介の前で小腰をかがめた。

「拙者か」

左馬介は足を止めた。

「分銅屋でお仕事をなさっておられますね」

「お仕事と言うほどのものではないぞ。ただの日雇いだ」

問われた左馬介が手を振った。

「空き家で、なにかおもしろいものでもございましたか」

壮年の町人は左馬助の仕事を知っていた。

「なにかと言われてもなあ。人は毎日、なにかを見ておる。現に今も、拙者はおぬしを見ておるぞ。背丈は五尺二寸（約百五十八センチメートル）、体重は十二貫（約四十五キログラム）ほどか。右目の下に、小さな傷跡がある。目つきが厳しいことも相まって、いささか悪相よな」

酔ったせいか、左馬介は軽口を叩いた。

「…………」

人相を列挙された町人が、左馬介をきつい目で見た。

「いや、すまぬ、すまぬ。いささか酒が過ぎたか。半年ぶりの酒は効いたわ。許してくれよ」

左馬介が詫びた。

「……なにも見てないのだな」

町人の口調が変わった。

「見ていないとは申しておらぬぞ。あまりに漠然としすぎて、答えようがないだろう」

しつこい男に、左馬介が苛立《いらだ》った。

「なにかに気づいてはいないか」

質問を男が変えた。

「……なぜ、それを答えねばならぬ」

左馬介は声を低めた。

「すなおにいうことを聞いたほうが無難だぞ」

男が左馬介を脅した。

「あいにくだな。雇われている先の話は御法度《ごはっと》だ」

左馬介は拒んだ。

「命よりも大事か」

「大事だな。雇われ先を売るような者に、次の仕事は来ない。となれば、哀れな浪人の生活手段が断たれる。稼げなくなって飢え死にするのはごめんだな」

男の挑発に、左馬介は本音で返した。

「なら金をやろう。一両でどうだ。それだけあれば、江戸を売ってどこかへいけるだろう。水戸か、前橋か、川越《かわごえ》にでも移れば、江戸での評判も届くまい」

「一両くらいで、住み慣れた長屋を捨てられるか。それに見知らぬ土地へ移って、身許《もと》保証はどうするのだ。保証してくれる者がいなければ、家さえ借りられぬぞ」

左馬介が首を横に振った。どこも見知らぬ者には冷たい。全国から人が集まる江戸だからこそ、左馬介のような浪人でも居着けるのだ。田舎の城下町では浪人の滞在を認めていないところも多い。

「そこまで知らぬ。金を受け取って江戸を去るか、ここで死ぬか」

男がもう一度脅してきた。

「相手をしてられぬわ」

あきれはてた左馬介は、男を放置して、長屋へと足を進めた。

「…………」

無言で前を過ぎる左馬介を見送った男が、三間（約五・四メートル）ほど後をついてきた。

「……いい加減にしてくれぬか」

二十間（約三十六メートル）ほど行ったところで、左馬介は足を止めて振り向いた。

「…………」

きっちり三間の間合いを空けて男が止まった。

「ついてくるな」

左馬介は釘《くぎ》を刺して、ふたたび帰途を歩んだ。

「…………」

無言で男も動き出した。

「うるさいな」

ずっと後にいる男に左馬介は苛立った。

「ついてくるな」

もう一度繰り返した左馬介は、残っている酔いもあって太刀《たち》の柄《つか》に手を置いて、抜くような素振りを見せた。

「…………」

男は顔色さえ変えなかった。

「いいな。次は抜くぞ」

左馬介は、男に強い口調で命じた。

「まったく、せっかくの酔いも醒《さ》めたわ。ついてないな。久しぶりの酒だったのに」

口のなかで左馬介は憤懣《ふんまん》を漏らした。

「……まだついてくるか」

三間しか離れていないのだ。気配は嫌でも感じられる。左馬介は、苦情を言うことをあきらめ、撒《ま》くことにした。

「……よしっ」

辻《つじ》を曲がったところで、左馬介は走り出した。

「……つっ」

三間とはいえ、角を挟めば、一瞬左馬介の姿を見失う。男が慌てた。

「どこへ行った」

男が一つ一つの辻を覗《のぞ》いた。

辻に左馬介が潜んでいて、不意打ちをしてくるかも知れない。それを警戒して慎重に確かめていると、かなり手間を喰う。

対して、左馬介は日頃使い慣れた路地である。数度角を曲がるだけで、あっさりともとの場所へ戻った。

「やれ、久しぶりの面倒ごとか」

左馬介が嘆息した。

日雇いには、明日喰えないという以外にも危険はあった。

大工や左官の下仕事をする日雇い浪人は、これは他人目《ひとめ》を引く大店、名門へも入りこむことがある。

「なんとかして、この手紙をお嬢さんに渡してくれ」

岡惚《おかぼ》れした男が、身分違いの恋の手助けを求めてくるときもあった。当たり前だが、そんなまねをして見つかれば、仕事はなくなるうえ、町内からも放り出される。

だが、それはまだましなほうであった。

「あの店の間取りを教えな」

「勝手口の閂に切り込みを入れといてくれ」

そういった悪事への誘いもたまにあった。

盗人《ぬすっと》にとって、目的としている店のことは、なんでも知っておかなければならない。

かといって、大店の仕事を任されるような棟梁が、そう簡単に口を割るはずもなく、根無し草に近い浪人を勧誘するのだ。

「勝手口を入ってすぐに、奉公人部屋がある」

盗人の呈示する金に目がくらんで、話を漏らす浪人もいる。なかには、そのまま盗賊の仲間に落ちていく浪人もいた。

しかし、そういった類はすぐに捕まる。下仕事に雇われるときに、住まいや名前を告げているのだ。町方は決して見逃さない。

左馬介も何度か、その手の誘いを受けたことがあった。

「今度はなんだろうな。あの空き家になにがあるというのだ」

長屋へ向かいながら、左馬介は首をかしげた。

男の風体は、無頼《ぶらい》あるいは、土地の顔役、それも頭ではなく、下っ端のようであった。どこにでもいる。とくに浅草という人寄り場所では、珍しくもない相手であった。

「馬鹿ではなかったな」

無頼のほとんどは、己の要求がとおらなかったら、すぐに暴発する。なぐりかかってくるていどならまだしも、なかには匕首を抜いて突っかかってくるやつもいる。

先ほどの男は、酔った勢いでからかうような口調の左馬介に、怒りはしたが無体はしかけてこなかった。

「こちらが浪人というのもあるだろうが……」

浪人は武士に準ずるとして、両刀を腰に帯びることを黙認されている。下手《へた》に殴りかかって斬られることもありえる。また、匕首ていどでは、刃渡りの長い太刀に対抗できない。とはいえ、無頼は舐《な》められるのをもっとも嫌がる。浪人に軽くあしらわれている姿を、他人に見られては、明日から押し出しがきかなくなり、地元でやっていけなくなる。

勝てないとわかっていてもかかっていかなければならないのが、無頼であった。

「まあ、二、三日の仕事だ。これ以上、かかわりにならぬようにだけ気を付けていればいいか」

左馬介は呟いた。

第二章　米と金

一

　米相場は大坂が主流であった。大坂の堂島《どうじま》の会所で、米相場を扱う商人たちがその年の豊作、凶作を予想し、高値になるか安値に落ちるかの思惑をおこなう。高値になると予想すれば、安い今のうちに買い、安値になると思えば、高値のうちに売る。現物での取引ではなく、帳面上でのものであり、損得の差額だけを決済する形を取っていた。

　他にも相場は立ったが、西国《さいごく》大名たちのほとんどが米を預ける大坂の規模に勝つところはなく、米の値段は堂島で決まった。

とはいえ、幕府が相場商人の決めたものを素直に認めるわけもなく、江戸は町奉行所が張り出す価格を基準としていた。

「今年は凶作と大坂の連中は見たようだな」

勘定方《かんじょうがた》には、大坂城代から米相場が適時報《しら》されていた。

「奥州《おうしゅう》は夏に入ってからも長雨のようでござる」

勘定方の顔色も悪かった。

幕府領は関東以西に多い。物なりの良い西国が幕府の財政を支えており、奥州の出来不出来は直接の影響は少なかった。

だが、伊達《だて》や津軽、南部などの外様《とざま》大名が多い奥州とはいえ、飢饉《ききん》に陥るのはまずかった。

「喰えなくなった百姓どもが、江戸へ流れこんで来てはまずい。江戸で仕事が見つけられればいいが、でなくば盗賊や無頼に身を持ち崩し、治安を悪くする」

「逃散《ちょうさん》されては、来年以降、田畑を耕す者がおらなくなる。そうなれば、何年も収穫は望めぬ」

九州や四国ならば、逃散した百姓や流民は大坂や京が吸収してくれる。だが、奥州で飢饉があれば、喰えない庶民はまっすぐ江戸へと逃げてくる。

逃散した者たちで江戸の治安が悪化すれば、将軍の名前にかかわってくる。勘定方は治安に責任を持たなくても良いが、それでも良い気のものではない。

それだけではなかった。奥州の外様大名たちの収入が激減するのも、幕府にとって都合が悪かった。

明暦の火事などやむを得ない理由もあったが、徳川の蔵は底が見えた。だが、天下人として、しなければならないことは多い。

幕府はそれらをお手伝い普請として、諸大名に押しつけてきた。寛永寺の改築、江戸城の維持、河川の補修など、あらゆることを外様大名たちに命じてきた。

幕府の金蔵を傷つけず、諸大名の財力を痛めつける。金がなければ、弓矢鉄炮《てつぽう》を買うこともできず、謀反を起こせなくなる。

まさに一石二鳥の名案であったが、これも外様大名に一定以上の金があるという前提でなりたっている。

金のない大名にお手伝い普請をさせたことがないわけではなかった。とはいえ、飢饉でぼろぼろになった外様大名にさらなる負担を強いるのは、あまりに酷であり、幕府の外聞も悪い。無理をさせて、圧政をまねき、一揆《いっき》を起こされては面倒なことになる。一揆は一カ所で終わらず、飛び火する。奥州には、徳川の一門である会津松平《あいづまつだいら》や、譜代《ふだい》名門の酒井家などがある。そこに一揆が波及すれば、大事になった。伊達や南部ならば、一揆の責任を取らせて、藩主の隠居や家老の切腹を要求できるが、会津松平や庄内酒井に傷を付けるわけにはいかなかった。どちらもその祖は徳川家に繋《つな》がる。会津松平は親藩として老中を出せないが、初代は四代将軍家綱のとき大政参与まで務めた保科正之《ほしなまさゆき》であり、今でも溜間詰《たまりのまづ》めとして将軍家からのご下問に応じている。酒井家は言うまでもなく、大老を輩出する譜代中の譜代である。どちらになにがあっても、ときの老中たちは、その対応に苦慮しなければならなくなる。

奥州だからといって、凶作を放置はできなかった。

「米の値上がりは避けられぬ」

「うむ。米が上がれば、なにもかもが高騰する。そして、江戸へ人が流入し、人手が余る。人手が余れば、手間賃仕事が安くなる」

「物価が上がり、収入は下がる」

勘定方が顔を見合わせた。

「喰えない者たちが増え、打ち壊しなどの騒動が起こることになる」

難しい顔で勘定頭《がしら》が述べた。

「お頭、それは我々勘定方ではなく、町奉行の仕事でございましょう」

勘定衆の一人が管轄外ではないかと言った。

「そこまで行けばな。その手前で止まったときがまずい」

勘定頭が小さく首を左右に振った。

「町奉行から、江戸の物価を統制する触れが出る。これを出させてはならぬ。江戸の城下の金は、我ら勘定衆が把握せねばならぬ」

「運上《うんじょう》などが変わって参りますな」

長く勘定衆を務める老練な旗本が嘆息した。

幕府は特定の株仲間を認めることで、運上金を納めさせていた。長崎会所から納められる異国交易の運上金は大きく、年間十万両に近い。もっとも運上金は、その儲けの多寡で上下するものが多く、物価の変動は大きな影響を及ぼした。

「運上が減っては、いろいろと問題がある」

天下をまとめている幕府といえども、金がなくてはなにもできない。旗本たちを養うにも金は要る。旗本たちの禄は米で支給されるが、米だけで生きていくことはできない。支給された米を金に換えて、衣服やつきあいに使うのだ。

もっとも禄は、豊凶に左右されない。二十俵なら二十俵、五人扶持《ぶち》は五人扶持と保証される。知行地《ちぎょうち》持ちは、豊凶で年貢を多少勘案しなければならないが、その分の余得もある。村でできた野菜や特産品を上納されたり、借金を引き受けたりしてくれる。豊凶は旗本、御家人《ごけにん》に影響を出さなかった。

「とはいえ、天候には勝てませぬ」

老練な勘定衆が天を仰いだ。

「仙台の伊達や盛岡の南部らに、飢饉へ備えるよう申し伝えましょうや」

若い勘定衆が問うた。

「米の領境《りようざかい》をこえての売り買いは御法度だぞ」

勘定頭がだめだと言った。

幕府は兵糧《ひようろう》としても使える米を大名同士が融通することを禁じていた。これは飢饉にとって致命傷になった。水害などがあり米が穫《と》れなかったとき、隣の大名領には影響がなかったということはままある。どころか豊作の場合もある。山一つこえるだけ、川一つ渡るだけで、足りないところに余ったものを届けられる状況でも、これはできなかった。

一日、二日で届く食料を、幕府は一度江戸へ出させるのだ。そこで米のある大名は商家に売り払い、不足している大名はそこから買う。なんとも面倒な手続きを経なければ、米の移動は許されていない。違反すれば、人の道として誇れるが、幕府からの咎《とが》めは避けられなかった。

「特例は認めず」

　飢えた民を救うためとはいえ、幕府に恩赦はない。なにより、飢饉に見舞われた領主が黙っていなかった。

「領民の保護は領主の務めである」

　他領から手出しされると、今後の政《まつりごと》に影響する。藩主ではなく、他の者に救われたとなれば、領民はどう考えるか。飢饉のときに助けもせず、年貢だけをむしり取ろうとする藩主など、領民から見れば従う価値などない。それこそ、ほんの少しの圧政で、あっさりと反発、一揆を起こす。そして一揆を起こされた藩主は、幕府から治世の能力がないとして、厳しく処罰された。

「米ではない。豆や稗《ひえ》などの雑穀ならば、どうとでもできよう。値段もさほど上がってはいないだろう。今のうちに買いだめしておけば、飢饉になっても手遅れにならずすむはずだ」

　米以外は、幕府も禁じてはいなかった。

「では、留守居役を呼び出し、申し伝えましょう」

　老練な勘定衆が話した。

留守居役は幕府と藩、藩と藩、藩と商人の交渉ごと一切を受け持つ。自藩の不利を避け、少しでも優位に立てるように動くのが任である。幕府役人へお手伝い普請を他家へ押しつけてくれるよう頼むために接待したり、商人と酒食を共にして仲を深めたりするのも仕事であり、そのための費用を藩庫から引き出せた。場保ちになれているだけでなく、幕府役人の言葉に隠された裏を読み取れるだけの才能が求められ、藩でも世慣れた壮年以降の家臣が選ばれた。

藩の規模によって人数は違うが複数おり、そのうち一人がかならず江戸城蘇鉄《そてつ》の間に詰めていた。

「そうしてくれ」

勘定頭がうなずいた。

「相場のほうはいかがいたしましょう」

若い勘定衆が問うた。

「大坂の相場には手出しが難しい」

相場は堂島会所が取り仕切っている。会所という限りは、幕府の取り締まりを受けるが、大坂商人は金の使いどころをよく知っている。大坂城代、大坂町奉行はもとより、勘定衆の直属の上司の勘定奉行、さらにその上の老中まで付け届けを欠かさない。

うかつに手出しをすれば、勘定頭などひとたまりもなかった。

「では、江戸の相場だけでも」

「むうう。大坂の相場と差がありすぎては、世間の不審を買う。それだけならまだいいが、江戸が安すぎれば、それを利用して儲けようとする輩《やから》がかならず出る」

勘定頭が苦い顔をした。

江戸の相場は、幕臣たちに支給される米が、商人たちから買いたたかれることのないようにとの配慮から出ていた。

その相場があまりに現実とかけ離れていれば、裏で幕府が操作していると見透かされてしまう。見透かされるだけならまだしも、江戸と大坂の差額が儲けを生むほど大きければ、江戸の米を買い占め、大坂まで運ぶ者がかならず出てくる。

そうなれば、江戸の米はたちまち底を突く。

商人にとって、金儲けは正義なのだ。それによって泣く人が出ても、それは考慮に値しない。

「相場は、大坂までの運搬手間よりも低い差で留《と》めねばならぬ」

勘定頭が告げた。

「なにはともあれ、大坂の相場に高騰の兆しが出たら、すぐに報せよ」

いつまでも未来《さき》の話をしているほど勘定衆は暇ではない。勘定頭が話を打ち切った。

みょうな男に後を付けられた翌日も左馬介は分銅屋へ出かけた。実害が出ない限り、仕事を袖にすることはできない。

「おはようござる」

暖簾《のれん》を潜った左馬介は、そこにいた番頭へ挨拶をした。

「おはようございます。諫山さま、そのままお仕事へかかっていただきますようにと主が申しておりました」

番頭が仕事を始めろと言った。

「その前に、主どのに御意《ぎょい》を得たいのだが」

「主になにか御用でも」

番頭がうさんくさそうな顔をした。

「日当の交渉ならば、主はいたしませぬ」

厳しい声で番頭が告げた。なにかと難癖を付けて、日当の値上げを言う者は多い。

番頭が険しい目つきになったのも当然であった。

「日当に文句はござらぬ」

左馬介は否定した。

「拙者が引き受けた仕事のことで、いささか気になることができもうした」

「できもうした……」

さすがは大店を預かる番頭だけのことはある。すぐに左馬介の言いたいことを理解した。

「しばし、お待ちを」

もう一度、番頭が左馬介を見てから、奥へと入った。

「疑われるか。当然だな」

浪人は、減るどころか増え続けていた。末期養子《まつごようし》も認められるようになり、大名の改易は最近なくなっている。それでも浪人が江戸に溢《あふ》れているのは、大名が内証の厳しさを緩和するために、人減らしをおこなっているからである。

大名はもとより、武家の家禄《かろく》が増えなくなって久しい。戦場で敵を倒し、その領地を吾がものにして大名は大きくなり、戦場で手柄を立てることで武家は家禄を増やしてきた。

だが、天下は徳川家康によって統一され、戦いはなくなった。

力ずくでの変化が、泰平の世では認められない。武士は不要なものへと落ちた。百姓のように田畑を耕さず、職人のようにものを生み出さず、商人のように利を稼がない。一部、政を担う者以外の武士は、まったくの役立たずである。

先祖が手にした禄は与えなければならない。抱えている武士の数が、強さであった時代のまま、改変することなく時代を過ごしてきた武家は、経済的窮乏に陥った。そこで、大名たちは新田の開発、殖産など増収を図ると同時に、人を減らすことで、支出を抑えようとした。

結果、浪人は増え続けていた。

世のなかで、浪人になったばかりの者ほど、始末に負えなかった。

なにせ、働くことになれていない。武家は生まれたときから、銭を汚いものとして教えこまれる。金を稼ぐ者を差別するように仕向けられるのだ。先祖が立てた手柄の褒美として与えられている禄を至上とし、汗水垂らして働くことを下賤《げせん》の者の仕事として見下す。こんな連中が世間へ放り出されれば、どうしようもなくなるのは当然であった。

最初は先祖代々の家宝、不要な着物などを売ることで生きていける。だが、ものは売ればなくなる。やがて売るものがなくなり、妻や娘を苦界《くがい》へ沈めなければならなくなる。そうやって得た金も働かなければ、いつか尽きる。

残るは、己の身体と腰の刀。

両刀を売り払うという方向へ向かう者はまだいい。質《たち》の悪い者になれば、太刀を使って金を稼ごうとする。斬り取り強盗武士のならいというやつである。

もちろん、すべてがそうではない。なかには、浪人と同時に働き出す者もいる。武家だったころの教養を生かして習い事の師匠をしたり、文字が書けることを使って商家の帳面付けなどをする。左馬介のように人足仕事で日銭を稼ぐ者も多い。

だが、どれをとっても、浪人に共通する問題は、武士であったころの矜持《きょうじ》を捨てきれないことだ。

雇い主である商人や職人を下に見る。仕事を卑しいものとして真剣にしない。日当が少ないとすぐに不満を言う。

そして注意を受けると、簡単に太刀の柄に手をかける。一度でも脅された雇用主が、次も浪人を雇おうなどと考えるはずはなく、ますます生きにくくなっていく。一部の浪人たちの素行が、必死に生きようとする者たちの足を引っ張っていた。

「どうぞ。奥で主がお待ちしております」

少しして、番頭が分銅屋仁左衛門の許可を取ってきた。

「かたじけない」

番頭に手間をかけた詫びを言い、左馬介は分銅屋仁左衛門のもとへ向かった。

「おはようございます」

大店の主らしく、分銅屋仁左衛門は見事な笑顔で左馬介を出迎えた。

「すまんな。仕事の開始が遅れて。その分、居残りをさせてもらおう」

まず左馬介は、謝罪から入った。

「いえいえ。さほどのことではございませんよ。お気になさらず。ところで、なにか仕事に問題でも」

分銅屋仁左衛門が用件を急《せ》かせた。

「じつは、昨夜、仕事の帰りにな……」

左馬介は、経緯を語った。

「……脅された」

聞き終わった分銅屋仁左衛門が表情を変えた。

「ふうむう」

分銅屋仁左衛門が腕を組んだ。

「諫山さま、どのような相手だとお感じになりましたか」

「そうよなあ。身形《みなり》は職人のようであったが、浅草あたりでよく見かける無頼と感じたな。身のこなし、足腰の据わり具合から見て、武芸の心得はありそうだ」

左馬介は少し考えて述べた。

「武家のようでございましたか」

「……武家なあ。そう言われてみれば、口調もおかしかったの。浪人くずれかも知れぬ」

言われて、左馬介は男の口調が途中で変化したことを思い出した。

「といっても、あっさりと拙者に撒かれるくらいだ、大した男ではないだろうよ」

それほどの脅威ではなかったと、左馬介は告げた。

「どうすればいい」

左馬介は、対応を分銅屋仁左衛門に託した。

「さようでございますな。もし、今夜も、いえ、今後でも、そう申して参りましたら、ありのままをお話しいただいてけっこうでございますよ」

分銅屋仁左衛門が言った。

「よいのか。こちらに来るやも知れぬぞ」

左馬介が懸念を表した。

「諫山さまがお話しになろうがなかろうが、やって参りましょう。ですが、表通りに店を構えているわたくしどもに、脅しをかけては来ますまい」

表通りに店を構えるには、相当な金と力が要る。とくに分銅屋仁左衛門は、土地持ちである。土地持ちは町内役人になることができる。当然、町奉行所とのつきあいもある。地元の御用聞きを動かすなど、朝飯前であった。

「押し込んで来るなどは」

「ないとは申せませぬが、いきなりそこまではしますまい」

江戸の治安はいい。押し込み強盗など十年に一度あるかないかであった。

「承知した。では、仕事に移らせていただこう」

左馬介は、腰を上げた。

「他にお話は」

少しだけ怪訝《けげん》そうに分銅屋仁左衛門が問うた。

「ないぞ」

「脅されたことへの……」

「不要だ」

最後まで分銅屋に言わせず、左馬介は断った。

「十二分な日当をいただいておる。脅されたとはいえ、なにかをされたわけではない。

弁済してもらうほどではないわ」

左馬介は首を横に振った。

「はい」

満足そうに分銅屋仁左衛門が首肯した。

二

なまじ脅しを受けたことが、左馬介を慎重にしていた。

「今日は床下を見るか」

なかまで光が届くように、雨戸を大きく開け放した左馬介は、台所の床板を外した。

台所の床下に、炭を保管しておく家は多い。炭をいこすための火があることや、業者に勝手口から運びこませやすいといった理由からであった。

「……妙だな」

床下を覗きこんだ左馬介は、残されている炭の散らかりように疑問を持った。

「夜逃げに炭は邪魔だろう。場所を取る以上に重いし、売り払ったところでさしたる金にはならぬ」

左馬介は手を伸ばして、転がっている炭を拾い上げた。

「普通の炭だな」

炭を戻して、左馬介は顔をあげた。

「そういえば、竈《かまど》はどうであったかの」

左馬介は台所土間へと降りた。

竈には使いかけの鍋が置かれていた。

「うわっ」

蓋を開けた左馬介は、あわてて閉じた。

「もとがなにかさえわからんわ」

左馬介の目についたのは、腐って変色した食べものであった。

「飛ぶ鳥跡を濁さずとは、いかんようだ」

嘆息しながら、左馬介は竈の灰を掻き出した。

「なにもないな」

竈の灰のなかには目立ったものもなかった。

「火打ち石か。けっこう新しい」

足下に拡《ひろ》がる灰のなかに火打ち石が落ちていた。台所に火打ち石は当たり前である。

左馬介は、なにげなく火打ち石を手にした。

「持ってなかったな」

左馬介は火打ち石を持っていなかった。理由は簡単である。長屋暮らしだと誰かが火を使っている。そこへ頼めば火種を分けてもらえるのだ。隣近所を訪ねるのが気兼ねな夜間の灯り付けのときは、どうするのか。簡単である。金のない左馬介に、灯《とう》明《みょう》の油を買うだけの余裕はなく、日が暮れてしまえば寝るしかない。

「夜逃げする奴が、台所になにかを隠すとは思えぬな」

火打ち石を懐へいれながら、左馬介は台所から離れた。

左馬介が去った後、分銅屋仁左衛門は難しい顔をしていた。

「諫山さまが、わたしの仕事を請けていると知っている……いや、店を見張っていると考えるべきか」

分銅屋は江戸でも名の知れた両替屋である。出入りする人の数は多い。また、店の前の道は大通りであり、通過する人は途切れない。店を見張られていても、まず気づけなかった。

「両替屋に、浪人は目立ちましたか」

浪人は貧乏の象徴である。金のない浪人が両替屋へ来ることはなかった。また、両替屋も浪人を客にしない。

両替屋は、小判を銭に、銭を小判にというふうに通貨を客の求める形へ替える商売である。店によって、交換する貨幣によって手数料は違うが、おおむね一割から二割である。

両替は単純ではなかった。相場が日によって上下するため、かなり面倒な計算をしなければならず、手数料は高めに設定されていた。

とはいえ、これだけで両替商がやっていけるわけではなかった。もちろん、手数料だけでも商いは成り立つ。ただし、限界がある。それほど両替の需要はなかった。

そこで両替商は、商品として有り余っている金を貸す金融業へと手を拡げた。

その日暮らしの行商人に仕入れの金を貸し、夕方売り上げから返済させる小金融通から、大名家へ一千両単位で用立てする大名貸しまで、店によってやり方は違うが、両替屋はどことも金貸しを併設していた。

なかでも分銅屋は、大名貸しで名を馳《は》せている大店であった。

「旦那さま、砂土原《さどはら》さまがお見えでございますが」

考えこんでいた分銅屋仁左衛門に、番頭が声を掛けた。

「砂土原さま……相馬《そうま》家御用人の砂土原さまかい」

「さようでございまする」

確認する分銅屋仁左衛門に、番頭がうなずいた。

「お約束はなかったと思うけど」

分銅屋仁左衛門が首をかしげた。

大店の主ともなると、会うのもそう簡単ではなかった。武家でも、あらかじめ面談の申しこみをしていなければ、まず難しかった。

「緊急のご用件だそうで」

番頭が告げた。

「津多屋さんとのお約束まで、半刻《はんとき》（約一時間）ほどか。その間でよろしければと訊いておくれ。かまわなければ、お目にかかりますとね」

後の予定を考えて、分銅屋仁左衛門が応じた。

「無理を言ってすまぬな」

番頭と入れ替わるように、相馬家江戸上《かみ》屋敷用人の砂土原が、顔を出した。

「いえいえ。砂土原さまならば、いつなりとても」

詫びに対して、分銅屋仁左衛門が愛想を返した。

「ただ本日は、このあと津多屋さまとお約束がございまして」

さっさと用件を言えと暗に分銅屋仁左衛門が催促した。

「津多屋……廻船問屋の」

「はい。なにか、わたくしに訊きたいことがあるとかで、お見えになりまする。そういえば、相馬さまも津多屋さんとは」

「ああ、領内の米を江戸へ運んでもらっている」

問われた砂土原が、答えた。

「………」

分銅屋仁左衛門は、砂土原の頰がわずかに引きつったのを見逃さなかった。

「廻米《かいまい》もなかなかたいへんなようで」

江戸まで米を運ぶには、船が便利であった。中村藩相馬家の城下から江戸までは近く、間に険しい峠も、渡りにくい川もない。陸路を選んでも、海路とさほど日数は変わらなかった。しかし、陸路で米を運ぶには、人手がかなり要った。対して、船だと一度で大量の米を運べる。一俵単位で費用を考えると、海路がはるかに安くつく。

「いささかの」

砂土原の顔が一層苦くゆがんだ。

「さて、ご用件を伺いましょう」

話をそこで打ち切って分銅屋仁左衛門がもう一度急かした。十分、分銅屋仁左衛門には、砂土原の用件が読めた。

「ああ……」

促された砂土原が口籠もった。

「…………」

話し出すのを分銅屋仁左衛門は待った。

「その、分銅屋」

「はい」

「融通を頼みたい」

ようやく砂土原が所用を口にした。

「はて、すでに相馬さまには三千両お貸ししておるはずですが」

分銅屋仁左衛門がわざと首をかしげて見せた。

「期限は、今年の大晦日。そういえば、今年の利をまだちょうだいしておりませぬ」

驚いたとばかりに、分銅屋仁左衛門が述べた。

「わかっておる。わかっておるが、どうしても金が要りようなのだ」

砂土原が手を大きく振った。

「はて、どのような要りようで」

金の使い道の説明を分銅屋仁左衛門は求めた。

「……どうやら今年も冷害のようだ。国元より、稲が稔《みの》っておらぬという報告が参った」

肩の力を落としながら、砂土原が答えた。

中村藩相馬家は、六万石の外様大名である。奥州の名門として、伊達や佐竹と争い武名を恣《ほしいまま》にした。関ヶ原で西軍についたとして、一度改易の憂き目にあったが、当主を替えることで徳川に詫びをいれ、なんとか復活した。さらに二代藩主相馬義胤《よしたね》に跡継ぎの男子がなく、譜代名門の土屋家から養子を迎えたことで譜代大名として扱われるようになるなど、数奇な運命をたどってきた。

伊達や島津、前田同様、先祖代々の土地を受け継いで来たが、物成りは悪く、凶作になることも多かった。

現在の藩主は五代藩主昌胤《まさたね》の次男相馬弾正《だんじよう》少弼《しようひつ》尊胤《たかたね》が、七代藩主の座に就いていた。

「では、救荒のために」

「そうじゃ。領民を飢えさせるわけにはいかぬ。今のうちに米を買い付け、相馬へ運びたい。そのための費用として三千両貸してくれ」

砂土原が頭を下げた。

「民のためと仰せられるはご立派なれど、わたくしも商いでございまする。なにもなしでお金をお貸しするわけには参りませぬ」

「わかっておる。しかし、当家には……」

泣きそうな顔を砂土原がした。

名門ほど金には苦労していた。名門には名門の矜持があり、見栄があった。相馬家は今でこそ六万石という小藩であるが、戦国のころは伊達家を圧し、数十万石の領地を誇っていたときもあった。また、相馬家はその祖を平氏の流れを汲《く》む千葉常胤《つねたね》だとし、歴史も六百年を数える、奥州では指折りの名家であった。

名門は絶やすわけにはいかない。血を絶やすことは、大名にとってなによりの罪である。先祖が営々と築きあげてきた領地や名声も、受け継ぐ者を失えば幻になる。それを防ぐためには、正室以外に側室を多く抱えたり、養子縁組を手早く確実に認めてもらわなければならない。

女と根回し、どちらも金がかかった。

とくに一度継嗣《けいし》なしで取り潰しの瀬戸際を経験した相馬家である。万一に備えて、要路への付け届けは欠かしていなかった。

「お返しいただくあてはございましょうか」

「豊作にさえなれば……」

砂土原が分銅屋仁左衛門の顔色をうかがった。

「お話になりませんな」

分銅屋仁左衛門が冷たい声で言った。

「…………」

言っていて、無理だとわかっていたのだろう。砂土原が黙った。

「とはいえ、領民の方々が飢えるとなればいたしかたございませぬな」

「では……」

「お断りして、餓死者が出ては、気が悪うございますからな」

「助かる」

砂土原が喜色を浮かべた。

「ただし、先ほども申しましたように、なにもなしでは困りまする」

「なんでも言ってくれ。できることならばかなえる。そうだ、おぬしを士分に取り立てようではないか」

安心したのか、砂土原が饒舌《じょうぜつ》になった。

「ありがたいお話ですが、ご遠慮させていただきましょう」

士分取り立てを分銅屋仁左衛門は断った。

「なぜじゃ。その辺のにわか大名ではないぞ。鎌倉以来の名門相馬家の士分ともなれば、旗本にも劣らぬ栄誉ぞ。さらに、町方の手出しを拒めるのだ」

不思議そうな顔をしながら、砂土原が付け加えた。

「相馬さまのご家中に加えていただくのは光栄でございますが、そうなれば献上いたさねばなりますまい。家臣が主君にお金を貸すというわけには参りませぬで」

分銅屋仁左衛門が眉をひそめた。主君と家臣になれば忠義を見せなければならなくなる。家中になったとたん、江戸家老あたりから借財の棒引きを暗に迫られるのは目に見えていた。

「…………」

分銅屋仁左衛門の言いぶんに砂土原が黙った。

「やはり……」

情けないと分銅屋仁左衛門が嘆息した。

「藩士のお話は今後ともにお出しにならぬよう」

「むっ」

手厳しく断られた砂土原がむっとした。相馬家になんの価値もないと言われたに等しいとはいえ、無礼と座を蹴っていくわけにはいかなかった。

「では、なにを望む」

砂土原が不機嫌な声を出した。

「馬の専売をさせていただきたく」

「な、なにを……」

分銅屋仁左衛門の要求に、砂土原が啞然とした。

「ご領内で馬をお育てになられておられますな」

「それはそうだが」

確認した分銅屋仁左衛門に、砂土原がうなずいた。

「相馬さまのお馬と言えば、将軍家献上。お大名方の垂涎《すいぜん》の的でございますな。その売り買いをわたくしめにお預けいただきますよう」

「無理を申すな。相馬の馬は、城下の商家が代々請け負ってきておる」

「それくらいは承知いたしておりますとも」

分銅屋仁左衛門が大きく首を縦に振った。

「国元で扱われる馬については、口出しいたしませぬ。江戸で売り買いされるぶんをお任せいただきたい」

「……江戸だけか」

砂土原が考えた。

「儂《わし》の一存とは参らぬ。一度屋敷へ立ち帰り、重職方とお話をしてくる」

条件を認めるかどうか、砂土原は協議してくると言った。

「どうぞ。十分ご思案をいただきますよう。ただし、三千両ともなりますと、右から左には参りませぬ。ご判断をいただいてから、数日の猶予をいただきますこと、ご承知おきくださいませ」

分銅屋仁左衛門が、あまり小田原評定《ひょうじょう》をしている暇はないぞと、釘を刺した。

「わかっておる。邪魔をした」

急いで砂土原が帰っていった。

「お帰りになられました」

見送りに立った番頭が戻って来た。

「引っかかったかねえ」

分銅屋仁左衛門が首を少しだけかしげた。

「馬のことでございますか」

「ああ。江戸以外の売り買いには口出ししないと言った途端、砂土原さまの雰囲気が変わったからねえ。馬の取引をすべて国元ですませれば、分銅屋に手出しできぬとでも思ったんだろうよ」

小さく分銅屋仁左衛門が口の端を吊り上げた。

「それは正しいけどね。こっちはお旗本や大名方に伝手《つて》があるんだ。江戸で取引をと買い手に言わせれば、それを拒むわけにはいかんわなあ」

分銅屋仁左衛門が笑った。

「畏れ入りました」

番頭が感心した。

「そういえば、番頭さん。朝、諫山さまからね、このようなお話があったんだけど、おまえさん、気がつかなかったかい」

相馬のことはすんだと分銅屋仁左衛門が左馬介の語った内容を番頭に伝えた。

「諫山さまの後を付けて、脅した男が……」

「店が見張られている気配はないかい」

思案した番頭に、分銅屋仁左衛門が尋ねた。

「気にもしておりませんでした」

番頭がわからないと告げた。

「動揺しては困りますから、店の者には報せないようにしなさい。番頭さんだけが、知っていてくれればいい」

「鉋《かんな》の親分さんには、お話をしておきましょうか」

「……ううむう。止《や》めておこう。御上《おかみ》に動いてもらうと金がかかる。それに御用聞きは口さがない。その辺に噂《うわさ》を撒《ま》きはしないだろうが、十手を預けてくれている町奉行所の旦那には話すだろうしねえ。それを聞いた町方の旦那に事情を聞かせろと出入りされては、店の評判にもかかわる」

出入りの御用聞きを使うかという番頭の問いに、分銅屋仁左衛門は首を横に振った。

「承知いたしました」

番頭が頭を下げた。

三

田沼意次は、吉宗の遺言に悩まされていた。

「米から金に代えろとの仰せだが……」

武士は代々米のなる土地を奪い合ってきた。一時、石高ではなく銭による貫高で禄を支払っていたときもあったが、当時、質の良い銭が輸入に頼るしかなかったため不足を起こし破綻した。

鐚銭《びたせん》と良貨では、価値が数倍違うのだ。誰でも良貨で支払って欲しい。だが、良貨は少なく、鐚銭が主になってしまう。となれば、主君への忠誠も、安くなるのも当然の結果であった。

銭よりも米のほうが価値として安定している。こうして武家は米で禄をもらうようになった。

「今は御上が貨幣を鋳造なされているゆえ、戦国のころのように悪貨が出回ることはない」

天下人の権として、貨幣の鋳造があった。

「しかし、銭も米ほどではないが変動する」

意次は小さな吐息を漏らした。

銭と小判の交換は、固定されていなかった。銭ではなく、小判の価値が上下するのだ。

「小判一枚は、おおよそ米一石。米の相場が動くにつれて、小判と銭の比率が変わる。さらに小判でも鋳された時代によって、金の割合が違う」

小判は鋳造された時期によって大きく価値が変わった。もっとも高いのは慶長小判で、もっとも安いのが宝永小判である。これは金の含有量としての差ではなく、純粋に重さが違ったからであった。慶長小判の四・七六匁《もんめ》（約十七・八グラム）に対し、宝永小判はおよそ半分の二・五匁（約九・四グラム）しかない。金の割合はほぼ等しいが、これを同じ一両として通用させるわけにはいかなかった。

「石高を貫高にするには、まず、銭の固定をはからねばならぬ」

それがどれだけ困難であるか、勘定の門外漢である意次にも理解できる。

「大御所さまの御遺言とはいえ……簡単なことではない」

意次は天を仰いだ。

徳川中興の祖として、初代神君家康と並んで崇敬されている八代将軍吉宗でさえ、できなかった。それを小姓番頭兼お側御用取次に過ぎない意次が果たせるはずはなかった。

「それに大御所さまの意を受けたという者も来ぬ」

意次はお手上げ状態であった。

「上様にご相談申しあげるしかない」

吉宗からは現将軍家重では無理だと言われていたが、報せずにできるものではなかった。意次は、お休息の間へと伺候《しこう》した。

「………」

家重は、いつものように画を描いていた。言語不明瞭で、己の意思をうまく伝えられないことにも原因はあるのだろうが、家重は政を好まず、絵筆を走らせるのを日課としていた。

「上様」

流れるような筆遣いで、鳥の画を描いている家重へ、意次は声を掛けた。

「今、しばし、お待ちあれ」

隣に控えていた大岡出雲守忠光が、意次を抑えた。

「……うん」

小半刻（約三十分）ほどして、ようやく家重が満足そうに顔をあげた。

「上様、主殿頭《とのものかみ》がお目通りを願っておりまする」

大岡出雲守が、家重へ話しかけた。

「うん」

家重が許すとばかりに首を上下に振った。

「お他人《ひと》払いをお願いいたしまする」

意次は平伏した。

老中、目付以外で、将軍に他人払いを求めるのは、傲慢な行為として忌避される。それでもしお側御用取次ていどが求めたとあれば、後々の問題になりかねなかった。それでもしなければならない。大御所吉宗の遺言を、そのへんの小姓や小納戸に聞かせるわけにはいかなかった。

「あうう」

「お許しになられた。一同遠慮せい」

うめき声にも等しい一言を、大岡出雲守が訳した。

「ですが……」

当番の小姓組頭が意次を睨んだ。小姓は将軍最後の盾であった。小姓番と言われることからもわかるように番方であった。将軍の身近に仕えるが、身の回りの世話は小納戸の仕事であり、小姓は雑用をおこなわない。万一、新番、書院番などの守りを抜いて、敵が将軍の近くまで侵入してきたとき、身をもってかばうために小姓番はいた。将軍の身代わりという誇りを他人払いは傷つける。小姓組頭が、異を唱えようとしたのも無理のないことであった。

「上様のご諚《じょう》であるぞ」

もう一度大岡出雲守が言った。これ以上逆らうならば、相応の罰を覚悟せいと暗に告げたのである。

「はっ」

「ただちに」

将軍最大の寵臣《ちょうしん》大岡出雲守の指示である。小姓組頭、小納戸番頭たちが配下を促して、お休息の間から出ていった。

「お願いをいたしまする」

最後に太刀持ちの小姓が、大岡出雲守に任を引き継いだ。

「も、もう」

「申せとのご諚でござる」

誰もいなくなるのを待って、家重が発言を促した。

「大御所さまより、口外を禁じられておりましたが、わたくしだけでは手の施しようがなく、上様のお力におすがりいたしまする。先日、大御所さまご臨終の間際、わたくしめに……」

平伏のまま意次が語った。

「……むっ」

聞き終わった家重が、うめいた。

「いああうあ……」

「もう一度細かく説明いたせとのお言葉でござる」

よく理解できなかったと、家重が告げた。

「大御所さまは、天候に左右される米ではなく価値の変わらぬ銭を、大名、旗本の禄を始めとし、幕政のすべて中心にせよと御遺言なされました。その一切をわたくしめにお託しいただきましたが、非才の身、どのようにいたせばよいかわかりませず、上様のお考えをお伺いいたしたく……」

意次は、家重へどうすべきかを尋ねた。

「か、かうぬ……」

「……勘定奉行に命じてはどうかと」

「それはできませぬ」

通訳した大岡出雲守へ、意次が首を左右に振った。

「な……」

「理由をお訊きである」

「幕臣もまた、米に生きる者でございまする」

意次が答えた。

「か、かんじ……かね」

さらに家重が言葉を続けた。

「勘定方こそ、金の力を知っているはずだと仰せだ」

「ご賢察畏れ入りまする」

家重の見識に意次が頭《こうべ》を垂れた。たしかに勘定方は金の計算をしていた。

「上様はご存じであられましょう。勘定方は出世しやすいだけに、ねたまれ易《やす》うございまする」

「うん、うん」

意次の言いぶんに家重が首肯した。

「勘定方を汚れた金を扱う卑しい者と蔑視する風潮がございまする」

「むっ」

通訳を経ずとも、家重の機嫌が悪くなったのが意次にもわかった。

「もちろん、すべて上様の家臣。上下などはございませぬ。ですが、武家は金を卑しいものとしておりまする。すぐにそれを払拭《ふっしょく》することはかないませぬ」

「…………」

無言で家重が意次の言うことを認めた。

「そんなおり、勘定方が禄を石高から貫高に代えるなどと言い出せば……」

「む」

家重が頬をゆがめた。

「惣《そう》反発を喰らいましょう。そして勘定高い勘定衆は、そのことをよく知っておりまする。この話は、勘定衆に受け入れられませぬ。どころか、なんとかして潰そうといたしましょう」

意次が否定した。

「上様の御命であってもでござるか」

大岡出雲守が問うた。

「御命とあれば受けましょう」

「ならば……」

家重大事だけで側に居る大岡出雲守が、身を乗り出した。

「ただし、仕事をいたしませぬ。引き受けたところで、いつ仕上がるかなど誰にもわからぬのでございまする。日常の勘定で多忙ゆえ、研究する間がなかなか取れませぬと抗弁されては、上様といえども咎められませぬ。本来の職務に精励している者をどうやって罰せられましょう」

意次が首を横に振った。

「逆らっているわけではない……」

「さようでございまする。医者に患者を治せと言うのと同じでございまする。いつ、どうやって治るかなど、門外漢にはわかりませぬし、治らなかったからといって医者を咎めるわけにも参りませぬ」

理解した大岡出雲守に、意次はうなずいた。

「…………」

「むうう」

家重と大岡出雲守が顔をしかめた。

「大御所さまの御遺言ではございますが、これをなすには時期尚早。変革の機が訪れますまで、畏れながら封じるべきではないかと、愚考つかまつりまする」

まだ時代にそぐわず、実行は無理だと意次は進言した。

「な、あんる」

強く家重が首を横に振った。

「上様は、ならぬと仰せである」

「………」

大岡出雲守の通訳は不要であった。意次は沈黙した。

意次も大御所吉宗の遺命を遂行しなければならないと思ってはいた。が、あの幕府中興の祖、神君家康公の再来と讃えられた吉宗が頓挫したのだ。人は天に梯子《はしご》を掛けられないのと同じように、無理なものは無理と意次はあきらめていた。

吉宗との話は二人きりでおこなわれた。意次が黙っていれば、闇から闇へと遺言は葬りされる。だが、それはできなかった。意次が、あえて遺言を家重へ開示したのには理由があった。

田沼家は吉宗に大いなる恩を受けていたからだ。

意次の祖父義房は、紀州藩の足軽であった。だが、病を得て勤務ができず、禄を離れざるを得なくなった。微禄の最たるものである足軽に、蓄えなど在るはずもなく、浪人となってすぐに生活に窮乏した。しかたなく田沼義房は、吾が子を知人の和歌山藩士田代七右衛門に預けた。それが意次の父、意行である。意行は勉学に励み、田代七右衛門の推薦もあり、紀州藩へ士分として復籍できた。

そこで意行は、まだ部屋住みだった吉宗に付けられた。

これが幸運の始まりであった。意行の賢さとまじめさを愛した吉宗は、将軍となって江戸城へ入るときの供として意行を選んだ。

なんと意行は浪人した足軽の子供から、紀州藩士、旗本へと出世したのである。

「ひとえに上様のお陰である」

将軍吉宗の小姓になった意行は、いつもその恩を口にし、誠心誠意仕えた。結果、意行の子供意次も吉宗の気に入りとなり、将軍世子であった家重の側近として重用された。れ、小姓からお側御用取次へと出世できた。

田沼家にとって、吉宗は大恩人であった。

「仰せではございまするが、大御所さまでさえお果たしになられなかったことを、非才のわたくしではとても……」

意次は取り繕うことなく、真摯に家重へ応じようとした。機嫌を損ねて、お役御免になろうとも、謹慎を言い渡されても、その場逃れをする気にはならなかった。

「とも……」

言いかけてもどかしくなったのか、家重が大岡出雲守を手招きして、耳元でなにかを囁《ささや》いた。

「大御所さまの御命は、躬《み》の言葉よりも重いと知れと仰せである」

「……くっ」

意次がうめいた。

そうなるだろうという思いが、意次のなかにはあった。その予感が当たった。

「大御所さまのご意志なければ、躬はここにおらず」

大岡出雲守が、訳し続けた。

八代将軍吉宗には三人の跡継ぎとなりえる男子が居た。長男の家重、次男の宗武、四男の宗尹《むねただ》である。一応、嫡男は家重であったが、その素質には疑問を持たれていた。

こうなると現れるのが、継嗣問題であった。

徳川は長子相続である。神君と呼ばれた徳川家康が、二代将軍秀忠の世継ぎを決めるときに、優秀な三男忠長ではなく、愚鈍な次男家光を選んだ。

「天下定まるうえからは、能力よりも秩序を重んじるべし」

口にはしなかったが、家康はそのことを世間へ知らしめた。

以降、徳川幕府では人物の能力ではなく、生まれの長幼が順序となった。ただし、生まれの早さは、血筋に優らないとの条件は付いた。いかに末っ子でも正室の子供が嫡男となり、どれだけ早く生まれていようが側室腹の男子はその下との決まりは重要であった。

これは武家を含む名家の婚姻が、個と個、男女のものではなく、家と家の繋がりを主たる目的としていることによる。家と家が手を組むために、婚姻をかわす。もし、正室の子供がありながら、側室の男子に家を継がせるようなまねをすれば、家と家の繋がりは切れてしまう。両家の血が次代へ続かないからである。

この決まりによって、吉宗の跡継ぎは長男である家重のはずであった。しかし、それをためらわせるだけの前例があった。

五代将軍綱吉と七代将軍家継である。五代将軍綱吉は、跡継ぎのいなかった兄家綱の跡継ぎとして傍系から入った。このとき、綱吉以外にも後に六代将軍となる家宣が候補としていた。ただ、家宣は家康から数えて五代目、綱吉は四代目と血筋が近い。結果、綱吉が将軍となり、生類憐れみの令を始めとする悪法を制定したうえ、幕府財政を完全に破綻させてしまった。綱吉の死後、家宣がただちに生類憐れみの令を破棄したことで、ようやく天下は落ち着いたが、その被害は大きかった。

そう、最初から一代遠いとわかっていても、家宣を五代将軍にしておけば、被害はでなかった。

次が七代将軍家継である。綱吉の後始末だけで終わった家宣の嫡男家継は、わずか四歳で将軍の座に就いた。死の床にあった家宣が、あまりに幼い家継を危惧し、御三家尾張家から将軍を迎えるようにと言ったにもかかわらず、新井白石《はくせき》、間部《まなべ》越前守詮《あき》房《ふさ》ら家宣の側近は、家継を支えると断言し、その将軍就任を強行した。だが、文字さえまともに読めない幼児に天下の主は務まらなかった。家宣の側近たちによる主導権争いが始まり、新井白石は追放され、間部越前守が天下の権を握った。間部越前守は家継の生母月光院と手を組み、政と人事を恣にした。家継が病死するまでの三年間だけだったが、江戸城は表も奥も大いに乱れた。

この幕政の乱れ、財政の窮迫を救ったのが吉宗であった。上米《あげまい》、倹約、なりふりかまわず邁進《まいしん》した吉宗のお陰で、幕府の金蔵に蓄えは戻って来た。

だが、そのために幕府が蒙《こうむ》った傷は大きく、二度とこういう思いはしたくないと役人の誰もが、大名のすべてが思った。

そこに吉宗継嗣問題が浮上した。吉宗の嫡男家重は、小さなころの熱病で言葉を発することができなくなっている。それに比して、次男の宗武には文句のつけようがない。家重を家継、間部越前守を大岡出雲守に比喩した幕臣や御三家などが、吉宗へ世継ぎ変更を求めたのも無理はなかった。

「世継ぎは家重である。これは家康公以来の決まりである」

その圧力を吉宗は撥《は》ね返した。

だけでなく、吉宗はまだまだ現役で政をおこなえるのに、さっさと将軍を家重に譲って、大御所になった。己の死後、老中や御三家が勝手に家重を廃嫡《はいちゃく》しないようにと、吉宗は既成事実を作ったのだ。

「大御所さまのお陰で、躬は将軍となれた。親子でもその恩は重い。なにをおいても大御所さまの御命は、果たさねばならぬ」

大岡出雲守が家重の決意を伝えた。

「畏れ多いことでございまする」

家重も吉宗への深い恩を感じているとわかった意次は、その感動を平伏するという形で表した。

「主殿頭、無念ながら躬に、大御所さまの御命を果たす力はない。執政どもは決して躬の意思を汲まぬ。躬が命じていると言っても、大岡出雲守の恣意《しい》だと断じて無視するであろう」

代弁する大岡出雲守が苦く頬をゆがめた。

「おそらく」

意次も同意するしかなかった。

「ゆえに、躬はなにもせぬ。すべてを主殿頭、そなたに託す。大御所さまのご遺命を果たすために、思うがままにいたせ」

「な、なにをっ」

言われた意次が絶句した。

「わたくしにそのような力はございませぬ」

意次は慌てて拒もうとした。

「ならば、与えてくれる」

「えっ」

大岡出雲守の口から出た家重の意思に、意次は驚いた。

「いきなりというわけにはいかぬ。幕府には慣例があり、それを破れば反発が来る。ゆえに、ときと手間をかけるが、躬はそなたを執政にまで引きあげてくれる。躬一代でかなわぬならば、次代に申し送ってくれる」

「……なんと」

意次は耳を疑った。

「躬はここに宣する。きっとそなたを執政筆頭にするとな。その代わり、そなたは必ずや大御所さまのご遺志を果たせ」

他人の口に代言させているとは思えないほど、家重の決意は重く意次に響いた。

「ははっ」

額を畳に押しつけ、意次は、家重の思いを受け取った。

四

左馬介は、日が傾いたのを感じて、その日の仕事を終えた。

「明日も来たほうが良いか。もう、あらかた確認したが」

正直に左馬介は、もう見るところはないと申告した。

「なんともまた正直なお方だ」

報告を受けた分銅屋仁左衛門が、ほほえんだ。

「偽って嫌われるより、いい印象を残し、次に繋げたいというのが狙いでな」

褒められた左馬介は頭をかいた。

「それができない方が多いのでございますよ」

少し息を吐きながら、分銅屋仁左衛門が言った。

「せっかくでございますので、もう一日来ていただきましょう。終わりにはわたくしもできるだけ立ち会いますので」

「了解した。では、今朝と同じころに、声をかけさせていただく」

「そうしてくださいな」

告げた左馬介に、分銅屋仁左衛門が首肯した。

「では、明日」

「ああ、お待ちを」

日当をもらって下がろうとした左馬介を分銅屋仁左衛門が制した。

「まだなにか」

「昨日の男の話でございますよ。番頭に命じて、今日一日店の周りを注意させましたが、それらしい姿はなかったと」

「顔を知らぬ男を見つけるのは難しかろう」

「はい」

左馬介の疑問に、分銅屋仁左衛門が同意した。

「そこで、半刻以上、同じところから動かない者の顔を覚えるようにしたそうでございまする」

「さすがは大店を預かるだけのことはあるな」

番頭の機転に左馬介は感心した。

「しかし、気に触る男はいなかったようで」

分銅屋仁左衛門が首を横に振った。

「当然だろう。拙者の顔と帰途を知ったのだ。もう店を見張る意味はなかろう。途中で待ち伏せしていればすむのだからの」

「……はい」

左馬介の言葉を分銅屋仁左衛門が認めた。

「大事ございませんか。店の者を何人か」

「勘弁してくれ。お店者に守られる浪人。こう言われては、用心棒の仕事がこなくなる」

分銅屋仁左衛門の気遣いを左馬介は拒んだ。

「今日は酒も飲まず、長屋へ帰る。さすがに無頼一人くらいを排せないほど弱くはない」

「浪人崩れだと言われてましたが大丈夫で」

自信を見せる左馬介を分銅屋仁左衛門が危惧した。

「無頼は両刀を差せぬ」

もと浪人でも無頼の姿をした途端、刀を持つことは許されなかった。見つかれば、即座に町方が動く。無頼にとって町方ほど嫌な相手はいない。

「わかりました。お喜代」

「はい」

手を叩いた分銅屋仁左衛門に呼ばれた女中が包みを持って入ってきた。

「握り飯と干《ほ》し鰯《か》を焼いたものでございまする。夕餉《ゆうげ》代わりに」

分銅屋仁左衛門が言った。

「よいのか」

夕餉は契約に含まれていない。左馬介が分銅屋仁左衛門を見た。

「煮売り屋などに寄られて、遅くなってはよろしくございますまい」

「かたじけない」

分銅屋仁左衛門の気遣いを、左馬介は受けた。

握り飯の包みを懐に仕舞って、左馬介は座を立った。

「では、これで」

昨日のように浮かれることもなく、左馬介は長屋へと向かった。

「…………」

気を配っていた左馬介は、しっかりとついてくる足音を耳にした。

「やはり、誰かいるな」

左馬介は振り返るかどうかで悩んだ。

「どうするかな」

足取りを変えないようにしながら、左馬介は思案した。昨日の男ならば、あるてい

「昨日の男か、あるいは別か。それによって対応を変えねばならぬ」

ど住まいを知られている。無理をして逃げ回る意味は今更ない。しかし、別口であれ

ば、なにも長屋まで案内してやらなくてもいい。

「うかつに振り向くのは、気づいていると報せることにもなる」

左馬介は独りごちた。

「米屋に寄って、そこで確認するか」

夕飯のぶんはあるが、明日の朝飯の用意が要る。煮売り屋で買えば、後片付けなどをしなくてもすむが、金がかかる。米を買って、家で炊き、湯漬けにして喰えば、一回分の煮売り屋代金で二日は保つ。

左馬介は、長屋のある町内の米屋に足を踏み入れた。

「米を一升くれぬか」

店じまいしかけていた米屋だったが、愛想良く米を量ってくれた。

「そこの長屋の諫山だ。ざるは明日返す」

米を入れるものを持っていなかった左馬介は、米屋からざるを借りた。

「どうぞ、お持ちを」

米屋の手代はこころよくざるを貸した。

「ありがたい」

左馬介はざるのうえに手ぬぐいを置き、雀《すずめ》を防ぎながら、辻を曲がった。ざるを貸してくれるのも同じ町内だからこそであった。

江戸は町内だけで生活できた。米屋があり、魚屋が廻《まわ》り、大工がいた。いかに人の多い江戸でも、町内に住まいする者は知れている。毎日顔を合わせることになれば、信用もできる。ものを買うにしても、毎回毎回小銭を用意する面倒を避け、節季ごとのまとめ払い、世に言う付けですんだ。もちろん、それを踏み倒すようなまねをすれば、町内で生きていけなくなる。左馬介のような長屋住まいでも同じであった。日払い、月払い、十日払いと長屋の家賃にはいろいろあるが、あまり長く溜めると追い出されるのと同じように、付けを溜めて、どこかに迷惑をかければ放り出された。江戸の町内は、村と同じであった。

当然、町内に住居があると言うだけで信用がついてくる。だけに、長屋を借りるにも身許引受人は要った。

「こういった便利さを一両やそこらで売れるか」

米屋を出た左馬介は、少し大きな声で反応を探った。

左馬介は親からの浪人であった。今の長屋で生まれ、育ち、親を見送って来た。三十年近い人生がここにはある。亡父がどうやって身許引受人を見つけたかを左馬介は知らない。父が亡くなったため、その手のつきあいがまったく切れてしまっていた。

つまり今の長屋を出れば、次を借りるのは難しい状態であった。

「……てめえ」

米屋の角、用心桶《おけ》の陰から、昨日の男が出てきた。

「よくも昨日は、虚仮《こけ》にしてくれたな」

男は最初からけんか腰であった。

「虚仮にしたのはどちらだ。他人の生活を一両くらいで売れというのは、正しいのか」

左馬介も言い返した。

「やかましい。俺がそう言ったんだ。黙って従えばいい」

懐から匕首《あいくち》を男が出した。

「さあ、言え。なにがあった」

匕首をちらつかせて男が、左馬介に迫った。

「米屋どの、ざるを返すぞ」

大声で左馬介が叫んだ。

「な、なにを」

男が混乱した。

「へええい」

間延びした返事がして、米屋の手代が暖簾から首を出した。

「どちら……」

左馬介を捜した手代が男の手にある匕首を見つけた。

「ひ、人殺し」

手代が悲鳴をあげた。

「くそっ。こいつ」

男が焦って、匕首を突き出そうとした。

「ふん」

左馬介はざるの米を男の顔目がけてぶちまけた。

「う、うわっ」

人は目に向かってなにかが近づいてくると、無意識に防御の姿勢を取る。突こうとしていた手を戻し、顔をかばった。

「あほう」

両手で目をかばった男を、左馬介は蹴り飛ばした。

「ぐえっ」

潰されるような声を出して、男が吹き飛んだ。

「人殺しだあ」

叫び続ける手代に、人が寄り始めた。

「お、覚えてやがれ」

よろよろと起きあがった男が、捨て台詞《ぜりふ》を残して逃げていった。

「ふうう」

左馬介は大きく息を吐《つ》いた。

「もったいないことをした」

空になったざると、散らばった米を左馬介は見た。

「大事ございませんか」

手代がおずおずと近寄ってきた。

「ああ。おかげでな。ほれ、ざるだ」

心配してくれた手代に礼を述べながら、左馬介がざるを渡した。

「えっ……たしかに」

一瞬戸惑った手代が、ざるを受け取った。

「悪いが、もう一升くれ」

左馬介は手代に頼んだ。

「こちらは拾わずとも……」

「この米で助かったのだ。喜捨《きしゃ》しよう」

問うた手代に、左馬介は答えた。

米屋や米蔵の周りには、米が落ちていた。どうしても運搬の振動や俵の穴から米粒が漏れてしまうからだ。

だが、これを米屋は拾わなかった。では、雀の餌にするのかといえば、違っていた。これらはその日食べかねている者たちのものになる。落ちている米を拾う代わりに、米屋のある一角を掃除する。別に約束したわけではないが、江戸の米屋の多くはそうしていた。

「これを」

「すまぬ。もう一度借りる」

新しい米を入れたざるを手に、左馬介は長屋へと戻った。

「さてと」

長屋へ着いた左馬介は太刀を座敷に置くと、お釜に米を入れて井戸へと向かった。

「おや、諫山さま、今からですか」

井戸近くにいた長屋の女房が声をかけた。

「明日の朝のぶんよ。ようやく米を買えたのでな。これで三日は大丈夫だ」

「それはよござんした」

長屋の女房が笑った。

「そうそう、後で漬けものを持っていきますよ」

「助かる。湯漬けだけでは、寂しいと思っていたのでな」

差し入れると言ってくれた長屋の女房に、左馬介は礼を述べた。

「いるな」

米を洗いながら、左馬介は長屋の入り口に影があるのを見た。

「別口か」

静かな追跡者に、左馬介は先ほどの男とは違うと判断した。

「……このようなものでよかろう。ではの」

米を研ぎ終えた左馬介は、長屋の女房に手をあげて自宅へ入った。

「明るい間に何かしてくることはあるまい。今のうちに腹ごしらえをしておかねば……炊くとなれば、火種をもらわなければ……ああ、火打ち石をもらってきた」

空き家から火打ち石を持ち出したことを左馬介は思い出した。

もらってきた握り飯を喰いながら、左馬介は米を炊いた。朝早く炊けば、うまい飯にありつけるとわかっているが、その分の早起きが辛《つら》い。なれば、夜に炊いておいて、朝冷や飯に湯をぶっかけるほうがいい。

「竈の火を落とさねばなるまい」

炊きあがった釜を火から下ろした左馬介は、竈から燃え残った薪《まき》を引き出して、消していった。

灯り用の油を買う余裕はない左馬介にとって、竈の熾火《おきび》が行燈《あんどん》代わり、火鉢代わりになっている。冬場だとこれだけでもかなり寒さが違うので、そのままにしておくが、今はまだ夏、かえってうっとうしい。

「家のなかに光があれば、襲い来るか、忍びこむかしてくる奴にとって有利でしかない」

左馬介は警戒していた。

己の住居というのは、なにがどこにあるかを熟知している。ここから裏庭へ出るための雨戸まで何間あるかとか、台所土間との段差はどのくらいだとか、暗いなかでもまちがえずに動ける。しかし、侵入者は違った。動き回るには狭い長屋、そのうえ、どこになにがあるかもわかっていない。不精者のやもめ暮らし、思わぬところに茶碗や箸が転がっているかも知れないのだ。台所土間から踏みこんだはいいが、それに足を取られて体勢を崩せば、形勢は一気に不利になる。

これは守る側にとって大きな利である。その利をわずかな灯りが左右することもある。左馬介は、さっさと熾火に灰をかぶせた。

室内が一気に暗くなった。

戸障子から入って来る月明かりだけでは、土間を照らすのが精一杯であった。

左馬介は、一間しかない六畳間の中央に薄汚れた夜具を敷き、刀も手の届くところに置いた。

長屋暮らしをしている者は、皆貧しい。行燈の灯りで縫いものをするなど、論外である。使用した灯り油の代金が、縫いものの手間賃よりも高いのだ。当然、誰もかれも夜には寝るだけになる。若い夫婦者が、互いの情欲をぶつけ合っても、半刻もかからない。その後は疲れ果てて眠るだけ、日が落ちて一刻（約二時間）も経《た》てば、長屋は寝静まった。

「…………」

左馬介の長屋の戸障子に影が張り付いた。なかの気配を探っているのか、しばらく影は動かなかった。

「……来たか」

暗い室内から、外の影はよく見える。左馬介は口のなかで呟いた。

「…………」

ゆっくりと戸障子が外された。もともと貧乏長屋に閂《かんぬき》などはない。突っ張り棒をあてがうのがせいぜいで、左馬介のように何一つ盗むものなどないと、防犯の対策を取っていない長屋も多かった。

開いた戸から、影が一つするりと忍びこんできた。そのまま動きを止めることなく、一気に居間へと跳びあがってきた。

「思い切りのいいやつだな」

左馬介は感心した。

忍びこむ前に警戒し、入ってからも慎重に行動する。これは理にかなっているように見えるが、大きな屋敷ならばともかく、一間しかない長屋では悪手《あくしゅ》であった。見つかれば隠れるところもないのだ。なにかを奪って去っていくつもりならばまだしも、奪うものさえない左馬介である。目的は左馬介の身体しかない。ならば、一気に制圧するのが妙手であった。

「なにもない長屋へようこそ。茶も白湯《さゆ》も出せぬが、ゆっくりしていってくれ」

「……くっ」

敷かれていた夜具の上へのしかかった影が、左馬介の声にうめいた。

室内での戦いを考えた左馬介は、すばやく手を伸ばして脇差《わきざし》を摑んだ。

「殺しに来たのではなさそうだな」

影の手に刃物のたぐいが握られていないことに左馬介は気づいた。

「もっとも素手で人は殺せるが……」

話しながら、左馬介は脇差を鞘《さや》へ戻した。

「………」

影の雰囲気がやわらかく変わった。

「おぬしも、分銅屋での仕事について訊きたいのか」

左馬介は問うた。

「………」

無言で影が肯定した。

「なにもないぞ。拙者は分銅屋の隣の空き家を片付けに行っているだけだ。もっとも、まもなく取り壊されることになっておるからの。片付けというより、金目のものや大切な書付などを探しているのだがな。面倒だと職人に丸投げしてしまうと、文字が読めない奴だと、なにもかも反古紙《ほごがみ》にしてしまうからの」

苦笑を浮かべながら左馬介は語った。

「あいにく見つかったのは、古い帳面だけだ。もちろん、すぐに分銅屋に渡したぞ。

字は読めるが、なにを示しているのかは、商人ではない拙者にはわからぬでな」

微妙にごまかしながら、左馬介は真実を語った。

これ以上面倒を持ちこまれるのが嫌になったのだ。

「それといい加減、のいてくれ」

上にのしかかられたままの姿勢を嫌って、左馬介は影を下から手で突いた。

「えっ……」

「……つっ」

柔らかいものを掴んだ左馬介が驚き、影が跳びすさった。

「女……」

左馬介は思わず、感触の残る手を見た。

「……いつのまに」

顔をあげた左馬介は、長屋から影が消えていることに気づいた。

「なんなのだ」

左馬介は呆然《ぼうぜん》となった。

第三章　商家と武家

一

札差《ふださし》は、禄米《ろくまい》を旗本御家人に代わって金にする代行業であった。浅草の米蔵に山積みされた禄米に、己の取り扱いであるとの証拠である店名札を差したことから、札差と呼ばれるようになった。

札差は幕府が決めた値段で米を売り、手数料を引いた残りを依頼主である旗本や御家人に渡す。商いを下賤《げせん》なものとして忌避する旗本、御家人にとって札差は便利なものであり、その収入のすべてを任せていた。

全幅の信頼、いや無知ゆえの無関心で、己の収入を他人に預けた旗本と御家人は、やがて困窮に陥った。加増がない武士は物価の上昇に置いていかれてしまったのだ。

ここで札差が、米の売り買いは相場に合わせて高くなるまで待って売り、安くなったときに買い戻すと助言しておけば、もう少しましな結果になった。が、札差はなにもせず、旗本、御家人が金を求めるたびに米を売った。

幕臣の禄は、年三回に分けて支払われる。

二月、五月、十月で、十月に一年の半分を渡し、あとの二回で残りを均等に支給した。これをお玉落としと呼んだ。

自前で領地を持っていない禄米支給の旗本、御家人はお玉落としのたびに札差を雇い、支給された米から自家消費分を除いた分を即座に金にした。

「愚かなことで」

札差たちは幕臣たちから百俵あたり三分の手数料を取りあげながら、鼻で笑っていた。

「お玉落としの月は、江戸に米が溢れる。当然、相場は下がる。少し売りを控えて、二カ月ほど待てば、相場も上がり、手元に入る金が増えるというに」

なにも考えず、浪費しかしない旗本、御家人たちを札差だけでなく、商人すべてが馬鹿にしていた。

それも当然であった。武士は算盤《そろばん》勘定をしない。四書五経は暗記できても、足し算さえ怪しい。いくらの収入があり、いろいろ使ったから残りはこれだけである。いささか心許《こころもと》ないから、倹約しようとか、余らせて貯蓄すべしなどと考えもしない。ほとんどの武家は、残金がなくなろうが、気にせず欲しいものを買ったり、遊興で使ったりした。

旗本、御家人は勝手に引っ越しできない。屋敷はすべて幕府からの支給である。言い方は悪いが、夜逃げしない、いやできないのだ。結果その場での現金払いではなく、付けておいての節季払いになる。

これも拍車をかけた。懐から直接金が出ていくわけではない、どころか懐中無一文でもものは買える、宴席も開ける。金の使い方がわかっていない武士の浪費は止まらなかった。

使いすぎたら金が足らなくなる。足らなくなれば、金を借りるしかなくなる。旗本や御家人にとって、金といえば札差である。

「金を貸せ」

「承知いたしましてございまする」

旗本、御家人の要求に札差は応じた。なにせ、来年も同じだけの収入が保証されているのである。そのうえ、禄米を売った金を最初に手にするのは、札差なのだ。返済は確保されているに等しい。

こうして札差は米の販売代行から、金貸しへと立つ位置を変え、旗本、御家人を食いものにした。

それに八代将軍吉宗は気づいた。

紀州二代藩主光貞《みつさだ》の息子ながら母親の身分が低かったため、認知を受けられず城下の家臣宅で育った吉宗は、世間に通じていた。米の相場が変動するというのを、直接肌身で感じてきた。なにより、借金の怖さを知っていた。

借金は膨れあがる。吉宗は、城下で何度も、何度も借金の取り立てにあっている者たちを見た。

生産にかかわる以外の借財、遊興や浪費などは返せない。

吉宗はしっかりと現実を知った。生産にかかわる、すなわち新田開発や塩田開拓などの事業の場合、事業が軌道に乗れば、よほど無理な投資をしていない限り、借財はいつか返せる。

しかし、遊興や生活のための借金は、収入の顕著な増加、厳格な倹約でもなければ、返済できないのだ。

だが、町人ならば子供でも理解している借金の恐ろしさに、武家はまったく気づいていなかった。

「借りた金は、来年の年貢が入れば返せる」

金を貸した札差たちが、年貢のときに利子だけしか受け取っていないことを、武家の多くは、わかっていなかった。大量の金が入るときに利子を抜く。これは金のないときに取り立てをせず、借りている本人に借財のことを思い出させないという方法であった。返済を迫られるからこそ、人は借金を怖れる。それを札差は避けた。

元金が減らない限り、永遠に利子を払い続けなければならない。こうすることで札差は旗本から金をむしり取り、肥え太っていったのであった。

「このままでは、武家は金に滅ぼされる」

吉宗は焦った。

幕府は士農工商という身分をもって、天下を治めている。もっとも偉いのが武力を持つ武士であり、その武家に年貢を納める百姓を次席におき、武士が使う刀や生活の道具を作る職人をその下にして、金という汚い物を扱う商人を最下級とした。これは、年貢を納めるという労苦を課された百姓を持ちあげ、その不満を逸《そ》らそうとしたものとはいえ、幕府が定めた大元には違いない。

それが崩れた。当たり前である。誰でも金を借りたなら、貸し主に頭が上がらなくなる。最上位であるべき武家が、最下位たる商人に首根っこを押さえられてしまっているのだ。

武家、それも旗本が商人の言いなりになる。幕府役人が、一人の商人のために便宜を図るようになっては、幕府の信頼と権威は地に落ちる。施政者は、ときに人を死なせる判断をしなければならないのだ。それだけに公正は守らなければならない一線であった。

「武家を金に強くしなければならない」

吉宗は、まず幕府の財政を建て直すことから始めた。どれだけきれい事を言おうが、金がなければなにもできないのだ。

上米令《あげまい》などの無茶な策のお陰で、幕府は金蔵を復活させた。床が見えていた金蔵に千両箱が積まれるようになった。

しかし、それは幕府という人ではないものだったからできたことであった。

人には感情がある。ものにはない。金槌《かなづち》があの釘は気に入らないから、打たないなどと仕事を拒否することはないが、人はその場の感情で動く動かないと変化する。

嫉妬、不満、不安などいろいろな思惑が、吉宗の策を妥当と認めていても、納得させなかった。

「金など汚らわしい」

「銭勘定などできずともよい。槍《やり》が使えればすむ」

武家の多くが吉宗の指示を無視した。どころか、侮《あなど》ってくれたのだ。

「武士が手にするのは両刀であり、決して算盤ではない。いや、将軍家はなにもなさらずともよいのだ。すべては、我ら家臣がおこなう。上様は、ただお座りいただいているだけでいい。些末《さまつ》なことに、ましてや金勘定など武家の統領がなすべきではございませぬ」

とくに勘定方に属していた、金勘定をできるはずの旗本ほど反発が強かった。

「たわけが。それができていれば、幕府の金蔵は満ちていたし、旗本が借財で困窮することもなかったわ」

吉宗は、勘定方を総入れ替えする勢いで粛清をしたが、それにも限界があった。勘定方がすぐに務まる者はいなかった。

帳面の書き方、算盤の置き方から教えなければならなかったのだ。

吉宗の考えは実を結ぶことなく、崩壊した。結果として、武家の経済事情は、少しも好転しなかった。が、幕府に金を蓄えたことで、吉宗は名君という評判を恣《ほしいまま》にした。

「八代さまのまねをすれば、大丈夫だ」

「金がなくなれば、また、大名どもから召し上げればすむ」

吉宗の治績はかえって、幕府を腐らせた。

それを商人は見逃さなかった。

機を見るに敏。これこそ商売の肝目《かんもく》であり、水に落ちた犬は叩けが真理であった。

「いくらでもお貸ししますよ。ただし、禄米切手はお預かりいたしますが」

昨今の札差は、より質《たち》が悪くなっていった。

禄米切手とは、知行所を持たない旗本、御家人に幕府から発行されるもので、一年にどれだけの米を浅草の御用蔵から受け取れるかを記してある。

何万という旗本、御家人、黒鍬者《くろくわもの》などへ米を支給する浅草御用蔵の役人である。一々、旗本や御家人の顔を覚えるわけにはいかない。米蔵の役人にしてみれば、禄米切手を差し出した者に記載されているだけの米を渡せば役目はすむ。

逆に言えば、たとえ本人である旗本が、直接浅草御用蔵まで行ったところで、禄米切手なしには、一粒の米さえ受け取ることはできない。

いわば、禄米切手は旗本、御家人の死命を司るものである。その禄米切手を札差たちは、押さえた。

こうなれば、もう終わりであった。

「利子をいただきましたので、お渡しする米はこれだけで」

勘定もできない武家は、札差の言葉に反論さえできない。

「禄米切手を返せ」

といったところで、

「ならば、お貸ししてあるお金を元利合わせて、お返しいただきましょう」

こう拒否されて終わりなのだ。

「馬鹿ばかりよ」

米の換金の手数料は、幕府の取り決めで勝手できないが、利息に利息を付けることはできる。利子の計算もできない旗本、御家人は、札差に搾取されるしかなかった。

「お貸ししているお金が、禄を上回りました。いかがいたしましょう」

毎年、借財を重ねていれば、破綻はくる。ある日、札差からそう言われた旗本、御家人は来年どころか、二年先、三年先の禄まで形《かた》に取られる。

それは収入よりも借財の利子が増えることを意味していた。

「困りますね。これ以上お貸しするどころか、お返しいただけないとなれば、御上へ

「ご相談申しあげるしかなくなりまする」

金がなければ借りればいいと思っていた旗本や御家人が、新たな借財を申し込みに行って、いつか札差から拒まれる。

「禄米切手があるだろう」

「そんなものとうに十年先までいただいておりますが、それでも足りませぬ」

「では、十一年先を形に……」

「ご冗談を。十年先にあなたさまがご存命などという保証はございますまい」

「黙れ、無礼を申すな。札差であろう。金を貸せ、でなくば、禄米切手を返せ」

口と理屈で商人に勝てるようならば、借財などしない。勝てないから力に訴えようとする。柄に手をかけながら脅した旗本、御家人は、痛いしっぺ返しを受けることになる。

「評定所《ひょうじょうしょ》へ訴えを」

江戸城辰《たつ》の口にある評定所は、幕臣を裁く場所でもあった。老中、寺社奉行、町奉行、勘定奉行が出席するだけでなく、要り用とあれば大目付、目付も臨席した。

評定所に呼ばれるというだけで、旗本は震えあがった。

「どうすればいい……」

借金を返さないという訴えは、評定所でもままあるものであり、そのほとんどが旗本の負けとなっていた。そして、負けた旗本には相応の処分がおこなわれる。多くは改易となった。家を潰し、そのすべての財産、先祖伝来の鎧《よろい》、刀など、金に困っても売らなかったものも取りあげられ、着の身着のままで放りだされる。

裕福な親族がいれば、そこに肩代わりしてもらうという手もあるが、そうそう簡単にはいかない。借りた親族に弱みを握られ、下手をすれば当主の座を奪われるときもある。

旗本にとって、訴えられるのだけは避けなければならなかった。

「お嬢さまをお預かりしたく」

「吾が子を養子にしていただきましょう」

こうなったときの商人は遠慮をしない。旗本の娘を妾《めかけ》に欲しがるか、息子を跡継ぎに押しこもうとする。

身分の崩壊であった。

「秩序が狂うことは許されぬ」

吉宗が最後まで気にしていた息子家重の幕府を守るための基本であった。

「なにから始めるべきか」

後事を託された田沼意次が、困惑していた。

「米から金へと言われてもな」

吉宗は旗本、御家人の経済意識を改革するには、米ではなく金での俸禄へ転じることが必須だと遺言していた。

だが、その意味を田沼意次ははかりかねていた。いや、理解できていなかった。

「なぜ金なのだ。どうして米ではいかぬのか」

田沼意次は困惑してきた。

「たしかに米には豊作、不作がある。だが、禄は変わらぬ」

多くの旗本、御家人の禄は固定されていた。当たり前である。年何俵何人扶持と決められているのだ。今年は豊作だから多めにとか、凶作だから減らすなどできるはずはなかった。

もっとも大名や高禄の旗本など、領地を持っている者は別であった。表高と実高の差がでた。表高は、幕府の検地によって割り出された石高で、実際の穫《と》れ高ではなかった。新田を開発したり、灌漑《かんがい》を整備すれば収穫は増える。逆に冷害や洪水があると減る。

当然、そうなれば、年貢は変化する。

しかし、意外と年収は変わらなかった。豊作だと米の値段が変動するからであった。凶作だと米不足になり値段が上がる。結果、穫れ高は変動しても売却して売り払ったときの金額には、さほどの差がでない。

「大御所さまはなにを仰せられたかったのか」

田沼意次は悩んでいた。

「……金のことは商人に訊くにしかず」

一人での思案を意次は放棄した。

とはいえ、誰でもいいというわけにはいかなかった。

田沼家も出入りの札差を持っていた。意次の父意行が、まだ幕臣に成り立てで知行所を持たず、禄米支給だったころにつきあっていた札差である。意行、意次の出世で、知行所を与えられてからは、米の売却を任せることはなくなっていたが、つきあいは続いていた。

「どうぞ、今後ともよろしくお出入りをお願いいたしとう存じまする。田沼さまでしたら、いつでもご用立てをいたしますので」

将軍のお気に入りとの縁は、商人にとって大きい。札差は、得られるものがなくなってからも、節季ごとに音物《いんもつ》を提げて挨拶に来ている。

「札差にこちらの手の内を教えるわけにもいかぬ」

米から金へと武家の禄を代えるとなれば、札差は仕事を失う。今現在、札差が借財の担保として取りあげている禄米切手が、ただの紙切れになってしまう。天下の豪商として金を思うがままにしている札差でも、そうなればひとたまりもない。

そんな相談を札差にできるはずはなかった。

「他に金といえば……両替商か」

意次が、腕を組んだ。

「当家出入りの両替商は、日本橋の津多屋九兵衛だが……」

少し考えた意次が手を叩いた。

権門には人だけでなく金も集まった。将軍の側役というのは、人事への影響力を持つ。出世したい大名や、役付になりたい旗本が、毎日のように訪れては土産《みやげ》を置いていく。その土産のなかには大判もあった。

大判は十両の価値があるとされていた。だが、小判でさえ庶民は生涯で見るか見ないかというほど貴重なものである。大判は流通していなかった。百両、千両をこえるような取引でも、大判ではなく小判、いや一分金が使用された。大判は貨幣というより贈答品といったもので、実用品ではなかった。

そこで大判は、両替商にもちこまれた。

使えないとまではいかないが、手にあると面倒な大判を両替商が引き取るのは、偏《ひとえ》に利があるからであった。

十両とされている大判を、両替商は七両二分で買い取る。そして、贈答品として使いたいと考えている相手に十両で売るのだ。そう、両替商は大判一枚で二両二分儲けた。

一両あれば、庶民四人家族が一月喰える。かなりの収入であった。

さらに大判の需要は高かった。

もともと大判は数が少ない。貨幣ではなく、贈答品として幕府も作らせている。大判は贈られれば、両替商を通じて流通するが、すべてではなかった。

主君や目上の人から贈られたばあい、早速換金するのはあまりに露骨である。ほとぼりが冷めるまで寝かせておくか、子々孫々まで栄誉として保管する。

結果、流通する大判は減る。しかし、贈答品としての需要はある。

両替商が引き取った大判は、右から左へと売れていく。両替商にとって、大判はありがたい商品であった。

「お呼びで」

すぐに用人が顔を出した。

「津多屋九兵衛をこれへ」

意次が命じた。

ときの権力者からの呼び出しである。津多屋九兵衛は、取るものもとりあえず駆けつけてきた。

「お召しと伺いまして……」

津多屋九兵衛が田沼意次の前で平伏した。

日本橋は、今の江戸の発祥ともいうべき土地である。東海道の起点でもあり、江戸城にも近い。ここに店を構えられるのは、老舗《しにせ》かあるいは豪商だけであった。津多屋九兵衛も多分に漏れず、多くの大名に出入りする江戸きっての両替商であった。

「急にすまぬな」

頭を下げず、口だけで意次が詫びた。

「いえいえ、主殿頭《とのものかみ》さまのお呼びとあれば、いつでも馳せ参じまする」

津多屋九兵衛が追従《ついしょう》を口にした。

「うむ。早速だが、教えてもらいたいことがある」

無駄な遣《や》り取りを意次は嫌った。

「わたくしにわかることでございましょうか」

ほんの少しだけ、津多屋九兵衛が身構えた。

「金のことじゃ。余はお側で御用を務める身ゆえ、上様のご下間をお受けすることもある」

「ご信任厚い主殿頭さまなればこそ」

津多屋九兵衛が讃えた。

「上様はご慈悲深いお方である。当然、庶民どもの生活をお気にかけておられる。皆、苦労なく日々を送っているであろうかとな」

「ありがたいことでございまする」

将軍の話が出たならば、頭を下げるのが決まりである。津多屋九兵衛が低頭した。

「庶民どもは、武家と違い、米ではなく金で生活をしておるの」

「さようでございまする。わたくしどもは、米をいただくのではなく、儲けた金で米を買っておりまする」

確かめるような意次に、津多屋九兵衛が答えた。

「米は豊作、凶作がある。流通する量も決まらず、価格も一定ではない」

「はい。お武家さまの禄と違い、わたくしどもが口にいたしまする米は、商いの道具でございまする。余れば安くなり、不足すれば高くなりまする」

「需要と供給というやつじゃな。では、その値段はどうやって決まる」

「米の値段は二つございまする」

津多屋九兵衛が、腰を伸ばした。

「一つは、御上がお披露目になる値段でございまする」

右手の人差し指を津多屋九兵衛が立てた。

「もう一つが、相場でございまする」

二本目の指を津多屋九兵衛が伸ばした。

米の相場は五代将軍綱吉のころ、大坂に誕生した。大坂は、西国の大名たちが年貢で取りあげた米を換金するために持ちこむ一大集積地となっており、そこでの売り買いを快闊《かいかつ》に回す仕組みとして、数名の米商人が相対取引の延長として始めた。

やがて大名と直接取引するより、相場を扱う商人と話をしたほうがものごとが早く進むと参加する者が増え、幕府へ株仲間として認めてくれるようにとの願いを出すようになった。

「米の値段を全国で均一にできれば、大名たちの苦労も減る」

　個別交渉では、大名家の対応次第で値段が上下し、高値で売った家と安値で買いたかれた家のもめごとになったりもしていた。

　武家のためにならないことには腰が重い幕府が迅速に対応、吉宗の許可もあり、大坂に公認の米相場ができた。

「どちらが世間では強い」

「………………」

　素直に問うた意次に、津多屋九兵衛が目を伏せた。

「遠慮なく申せ。事実を知りたい」

　意次が体裁を繕うなと言った。

「はい……はっきりと申しあげて、御上のお張り出しは迷惑なだけでございまする。実情とかけはなれておることも多く……」

　津多屋九兵衛が告げた。

　もともと旗本、御家人の生活を守るためのもので、世間の状況を加味するとはいえ、相場より高めに設定されていた。

「なるほどの。米の値段は大坂の影響が強い」

「はい」

「では、御上の値段と大坂の相場との差額はどうなるのだ。江戸のほうが安いときは、まだいいだろう。安く旗本から買って、高く皆に売れるのだからな。だが、逆のときもあろう」

意次が質問を続けた。

「あいにくわたくしは米屋や札差ではございませぬので」

津多屋九兵衛が首を横に振った。

「それもそうだの。ご苦労であった」

うなずいた意次は、津多屋九兵衛を帰した。

「使えぬな」

意次が嘆息した。

津多屋九兵衛が、問いの答えを持っていると意次は見抜いていた。それくらいわかっていないような商人が、日本橋に店を構えることなどできるはずもなかった。

「札差に訊くわけにはいかぬ。札差は米の売り買いで生きている。そのからくりを口にするはずはない」

難しい顔を意次はした。

旗本は子供のころから買いものを己でしない。欲しい者があれば、用人などが買い付けに行く。学問所に行くか、剣術道場へ行くか、菩提寺《ぼだいじ》へ参拝するか、江戸城へあがるか以外で、あるていどの石高を持つ武家は屋敷をでなかった。

「市井《しせい》で尋ねるにしても、どこへいけばいいのか」

意次が思案した。

二

左馬介は分銅屋の暖簾《のれん》を潜った。

「おはようござる」

番頭たちに挨拶をして、そのまま奥へ通る。

「おいでなさいませ」

自室で分銅屋仁左衛門が、左馬介を迎えた。

「どうぞ。朝餉《あさげ》はすまされましたか」

「少し寝過ぎての。水だけ飲んできた」

問われた左馬介が食べていないと答えた。昨晩炊いた米は、そのまま残して来た。

「それはいけません。空腹でする仕事がまともなものになるはずはございませんからね。おいっ」

言った分銅屋仁左衛門が手を叩いた。

「旦那さま、なにか」

軽い足音がして、襖が開いた。

「お喜代、飯と汁をここへ」

「……はい」

ちらと左馬介を見た女中が下がっていった。

「よいのか」

馳走してくれるのかと左馬介が尋ねた。日当のなかに食事は含まれていない。

「なにもございませんが……ああ、ご懸念なく。日当はそのままお渡ししますから」

分銅屋仁左衛門が笑った。

「いや、あの、すまぬな」

心中を見抜かれて左馬介は赤面した。

親の代からの浪人とはいえ、武家としての矜持はあった。いや、親から植え付けられていた。

「かならずや、諫山家を再興してくれ。もとの二百石とは言わぬ。五十石でもいい、士分に……」

死ぬまで父は仕官を夢見ており、臨終の折、その望みを左馬介に託して逝った。

「かなわぬから夢なのだ」

父が死んだとき、すでに十八歳になっていた左馬介は、現状を知っていた。戦が終わって百五十年近く、泰平が続いた天下に武士の居所はなかった。

乱世ならば手元にいる武家の数が、そのまま強さになった。しかし、戦で敵を倒し、その首を獲《と》るのが仕事である武士は、泰平では使いようがなかった。

役に立たないのに、禄は払わなければならない。

大量の無駄飯喰いを抱えた形になった大名たちは、あっという間に逼迫《ひっぱく》した。当たり前である。仕事をせず、金だけを受け取る家臣が大量にいるのだ。

「人減らしをせねばならぬ」

出て行く金が多いのならば、その原因を除けばいい。

大名家は争って家臣の放逐を始めた。左馬介の父もその一人であった。

もともと武家はご恩とご奉公でなりたっている。主君は家臣に禄を給し、生活を末代まで保証する。その代わり、家臣はなにかあったとき命を捨てて主君に尽くす。乱世のときには、禄が少ないとか扱いが悪いとかで、家臣が主君に見切りを付けて、離れていくのが当たり前であった。ふさわしい待遇をくれる主君のもとへ移るのは罪でもなんでもなかった。

それを徳川幕府が変えた。

実力のある武士の移動を幕府は怖れた。いや、一つの大名が名のある武将を集めることを危惧した。

戦場で役に立つ武士というのは少ない。だが、一騎当千とまではいかなくとも、雑兵《ぞうひょう》の数十くらいならどうにかできる将はいる。そういった将が、島津や前田、伊達などに数多く雇われては、できたての徳川幕府は揺らぎかねなかった。そこで幕府は、武士の本分は忠義であると定めたのである。

「君君足らざれば臣臣たらず」から、「君君足らずとも臣臣たれ」。これを幕府は武家に押しつけた。

結果、武家の身分と所属が定着した。

しかし、その一方で幕府は、大名の改易を進めた。徳川家に逆らう芽を潰すには、裏切るかも知れない外様大名をなくすに限る。幕府は跡継ぎのない大名家は無条件で潰し、藩政に失敗した大名は封地《ほうち》を削るか遠方へ転封《てんぽう》するかした。

藩が潰れれば家臣は全員浪人になる。封地を削られたり実入りが減れば、家臣を減らさなければならない。

幕府はわずかな間に数十の大名を潰し、天下に数万人の浪人を生み出した。それが天草《あまくさ》の乱、由比正雪《ゆいしょうせつ》の乱を呼んだ。

「浪人は危険である」

生きる術を奪われた浪人たちの恨みを受けた幕府は驚き、あわてて大名への規制を緩めた。おかげで末期養子も認められ、大名は潰れなくなった。

とはいえ、潰される大名が皆無になったわけではなかった。潰されたくなければ、参勤交代や幕府から命じられるお手伝い普請をこなさなければならない。だが、その費用は大きな負担であった。足りなければ借りる。潰れないとわかれば、商人も金を貸す。

こうして大名は借財に浸《つ》かり、空になった藩庫を少しでもましにしようと家臣を放逐しだした。

八代将軍吉宗が幕政を建て直すために必死で働いていたころ、天下にはふたたび浪人が溢れていた。

ただかつてと違い、戦から長く離れていた武士が腑抜けていた。何万という浪人がいても、糾合する者はなく、また命をかけて戦うだけの度胸もない。

狼《おおかみ》だった乱世の武士は、泰平で飼い犬になりさがっていた。

当初は新たな仕官を求めて活動するが、そのような機会はまずなかった。どことも人減らしに汲々《きゆうきゆう》としているのだ。多少剣が遣える、算盤がわかるなどではどうしようもなかった。

やがて浪人たちは現実に気づく。

かといって浪人に落とされた恨みを刀で晴らすほどの気概などない。なんとかその日を生き抜こうとするだけになる。

生まれたときから浪人の左馬介は、武家奉公の経験がない。それがかえって良かったのか、仕官に憧れずにすんだ。

「一日を生きるに二百文」

浪人が一人で生活するには、それだけ要った。いわずもがなだが、それ以下で生きている者はいる。しかし、人がましい日々を送るには、それが最低限であった。

江戸で日当二百文の仕事はままあった。

天下の城下町として、拡張を続ける江戸である。そして火事が名物とまでいわれる町でもある。毎日何処《どこ》かで槌音《つちおと》が響いている。大工や左官が宵越しの銭をもたなくてもいいと嘯《うそぶ》くのも無理はなかった。

どころか職人が不足している。それこそ、一人の職人を三つの現場が奪い合う。人手が不足し、練達の職人でなくても仕事にあぶれない。おかげで修業途中の職人たちがすべき雑用の担い手が要った。

土こね、後片付け、道具の持ち運び、五日の始末。これら一人前の職人がしないことを浪人者は請け負った。この日当が二百文を少しこえた。

「働けば生きていける。別に仕官せずともな」

夢はなくても望みはある。明日を見るという望みが、左馬介を生かしてきた。左馬介は百文、いや十文、一文の価値と怖さを知っていた。

「馳走でござった」

飯を三杯お代わりして、左馬介は朝餉を終えた。

「では、本日で終わりということに」

分銅屋仁左衛門が仕事の終了を告げた。

「承知している。今日一日、よしなにな」

左馬介は、分銅屋の隣、空き家へと移った。

「潰されるのか」

分銅屋仁左衛門は、家を潰して蔵を建てるつもりでいる。

「おぬしも今日までか。拙者と同じよな」

解体される家屋に共感を覚えながら、左馬介は建物のなかを歩いた。

「忘れものもないな」

雨戸を開け放ち、光を目一杯に取り入れて左馬介は見落としがないように確認した。

「うん……」

もっとも奥の部屋まできたとき、左馬介は違和を感じた。

「昨日となにか違う」

左馬介は部屋のなかを見回した。

「いや、変わっていない……」

二度、三度と確かめるが、なにも変化はなかった。

「気のせいか……」

違和感を残したまま、部屋を出ようとして、ふと左馬介は振り返った。

「……神棚」

左馬介は見つけた。

商家には、神棚がいくつかあった。台所に秋葉神社のお札を貼るのは当然、商売繁盛の神である稲荷《いなり》大社、あるいは弁財天を祀った神棚が、店や主の居室の天井近くに設けられていた。

店に設けられていた神棚より小さなそれは、すでに祀られている神の名前を記したお札さえなくなっていた。

「昨日まではなかったぞ」

そこに供えるようにして手紙が置かれていた。

「分銅屋あてか」

手紙を取った左馬介は、宛名を確かめた。

「開けるわけにはいかぬな」

宛先が書かれている手紙を勝手に開封するわけにはいかなかった。左馬介はもう一度神棚のあたりを注視して、他に異状がないことを確認した。

「…………」

雨戸の破れなど、不審な様子はなかった。もちろん、すべての戸締まりはできていた。だが、手紙はあった。

「御免、よろしいか」

分銅屋へ戻った左馬介は、まっすぐ奥へと足を踏み入れた。

「どうなさいました。またなにか……」

分銅屋仁左衛門が表情を変えた。

「このようなものが、奥の部屋の神棚に」

「お稲荷さんの神棚でございますか」

何度か空き家に足を運んでいる分銅屋仁左衛門である。すぐに場所を特定した。

「こちらへ」

手紙を催促して、受け取った分銅屋仁左衛門が裏と表を見た。

「宛名はたしかに、わたくし。ですが、差出人は書かれておりませんね」

「左封じではないからな。果たし状ではなかろう」

警戒する分銅屋仁左衛門に、左馬介は告げた。

「商家に果たし状ですか。どうやって競うんでしょうねえ。一日の儲けとかですか」

あきれながら、分銅屋仁左衛門が封を開いた。

「………」

読み進めていくうちに分銅屋仁左衛門の表情が固くなった。

「……ふうう」

目の動きを見ていた左馬介は、分銅屋仁左衛門が二度内容を読んだと見抜いた。

「では、拙者は戸締まりをしてこよう」

名指しの手紙である。今日で仕事の終わる日雇い浪人にはかかわりはない。いや、かかわってはいけないのだ。

左馬介は腰を上げた。

「お待ちを」

分銅屋仁左衛門が制した。

「…………」

左馬介は振り向いた。

「そう、嫌そうなお顔をなさらず」

分銅屋仁左衛門が苦笑いを浮かべた。

「いや、今日で仕事も終わるゆえ、知ってはいかぬであろう」

日雇い仕事を続けて生きてきた左馬介は、面倒に巻きこまれるのを嫌っていた。

「日延べをお願いしますよ」

言いながら、分銅屋仁左衛門が目で座れと告げた。

「……日延べはありがたいが……」

渋々左馬介はもとの席へ腰を下ろした。

「お読みくださいまし」

すっと分銅屋仁左衛門が手紙を差し出した。

「……拝見」

手紙を突っ返して本日の日当を受け取って帰ることもできたが、それをすれば分銅屋を紹介してくれた棟梁の顔を潰すことになる。ここまでされては、読まずにすますことはできないと左馬介はあきらめた。

「……ほう」

手紙の内容は端的であった。

「帳面のことを忘れて破棄しろ……か」

左馬介は手紙を分銅屋仁左衛門に返した。

「そういえば、あの帳面はどうなっておるのかの」

分銅屋仁左衛門に渡してから、左馬介は帳面のことを気にしていなかった。気にする暇がなかった。

「まだ手元にございますよ。なかをしっかり検《あらた》めたいとは思っておりますが、なにかと忙しく後回しにしておりました。しかし、こうなったら放置もできませんな」

答えた分銅屋仁左衛門が左馬介に厳しい目を向けた。

「ところで、諫山さま。あれ以来なにもございませんか」

「なかったわけではないな」

分銅屋仁左衛門に睨まれた左馬介は目をそらした。

「なにがございました」

「報告するほどのことではないと思ったのでな。黙っていたのだ」

長年他人に使われてきた左馬介は、まず言いわけを口にする癖が付いていた。

「判断は、わたくしがいたしまする」

きつい声音で、分銅屋仁左衛門が催促した。

「じつは……」

先日の男との応酬、その後長屋へ訪れた者との遣り取り、左馬介は忍びこんできたのが女だったという点を避けて語った。

「そのようなことがございましたか」

分銅屋仁左衛門が眉間に皺《しわ》を寄せた。

「すぐにお話しいただきたかったですな」

武家よりも強い気迫を分銅屋仁左衛門が発した。

「……いや、申しわけない」

左馬介は圧倒された。

「よろしゅうございますか。たった一つ欠けているだけで、割れた茶碗は元通りになりませぬ。無用と思えるものでもご報告をいただきたい」

「今後はそうしよう」

家に帰ってからのことまで日当には含まれていない。左馬介は不満を押し隠した。

「……さようでございますな」

そんな左馬介に気づいたのか、分銅屋仁左衛門が左馬介から手紙へと目を移した。

「たしかに、諫山さまはお約束いただいたことを果たしてくださいました。帳面といい、この手紙といい。十分に日当分は働いてくださってましたな」

「当然のことだ」

日雇いだとか、今回限りとか思って、手を抜くようでは次はない。意外なところで仕事をくれる相手は繋がっている。

「あれはだめだ」

こう思われたらまちがいなく干上がる。

事実、背に腹は代えられずと日雇い仕事を選んだ禄を離れたばかりの浪人が本気で働かず手を抜いて、一日で仕事を切られたり、棟梁の間に噂が回って、以降声もかからなくなったという話は多い。

「日当は一貫差し上げましょう」

「一貫とは……」

左馬介は目を剝いた。

一貫はおよそ千文になる。日雇いとしては、破格の高額であった。

「はい。その代わり、寝泊まりもお願いしましょう」

「泊まれと」

左馬介は壁ごしに、隣の空き家へ目をやった。

「はい。夜具はこちらで用意しましょう。食事も三度、店から手配します。風呂も日中におすませいただくことになりますが……」

「風呂代も出してくれるのか」

左馬介は身を乗り出した。

浪人にとって風呂は贅沢であった。風呂に入る金があるならば、飯を喰う。なにせ風呂は入らなかったからといって死なないのだ。汗を搔いたら、長屋の井戸で諸肌脱《もろはだ》ぎになり、水を被るか、手ぬぐいを濡《ぬ》らして拭くだけですませられる。

髭《ひげ》も月代《さかやき》も剃《そ》らない浪人者である。多少汗臭くても、近づかないかぎり嫌がられることもない。

「どうぞ。ただし、店の者が空き家を見張れる日中、小半刻ほどと制限させていただきますが、二つ向こうの辻にある富士見湯は当家と契約をいたしております。風呂へ行かれるときに番頭へおっしゃってくだされば、木札をお渡しします」

分銅屋仁左衛門が述べた。

富士見湯と分銅屋の名前が書かれた木札は、入浴料の代わりになる。お店者は浪人のように不潔では困る。身ぎれいにさせるために、奉公人の入浴代金を負担するのが商家として当たり前であった。

「いつからだ」

「今夜からお願いいたしまする」

「いつまで」

これも重要であった。一貫もらえる日雇い仕事など、左馬介の生涯で二度とない。できるだけ長くしたいと左馬介は期待をこめて訊いた。

「わたくしがいいと認めるまでで」

「……なんとも言い難い返答だ」

あいまいな返答に、左馬介は苦い顔をした。

「高額の日当をお出しするうえ、食事に風呂まで用意するのでございますよ。多少のことはご辛抱いただきませんと」

分銅屋仁左衛門が冷静に述べた。

「わかった。では、一度長屋へ戻らせていただいてもよいかの。泊まるだけの準備をせねばならぬでな」

左馬介は帰宅の許可を求めた。

「準備でございますか。こちらでどうにかなるものならば、手配いたしますが」

なにが要るのだと、分銅屋仁左衛門が首をかしげた。

「ふんどしじゃ。ふんどし。三日替えておらぬでな。さすがに」

男やもめにとって、もっとも面倒なのが洗濯であった。

「……わかりました。ですが、すぐにお戻りを」

嫌そうに顔をゆがめた分銅屋仁左衛門が認めた。

急いで長屋に帰った左馬介は、今穿《は》いているふんどしを脱ぎ、洗濯をすませていたものを身につけ、念のためにもう一つふんどしを懐に入れた。

「……持っていくか」

長屋を出かけて、左馬介は足を止めた。

「出番があるようでは困るのだがな」

左馬介は、呟きながら押し入れを開けた。

「こんなに重かったかの」

押し入れのなかの行李《こうり》から、左馬介が取り出したのは鉄扇《てっせん》であった。

「……ちゃんと開くな」

左馬介は鉄扇を拡げた。手入れを怠っていたが、厳重に油紙で包んでいたおかげで、さび付いてはいなかった。

「甲州流軍扇術《ぐんせん》か」

鉄扇を閉じながら、左馬介は独りごちた。

「大事にしていたな、父は」

左馬介は鉄扇を撫《な》でた。

鉄扇術は甲州に伝わる武術というより、護身術である。もっともその歴史は浅い。甲州流軍学の亜流の一つとされる鉄扇術は、川中島の戦いで、本陣にまで斬りこんできた上杉謙信の刃を、武田信玄が軍配で防いだという故事をその創始に置いていた。

かつて藩士だったころの諫山家は、軍学教授の家柄であった。泰平の世に軍学は不要である。こうして藩を追われた父は、より軍学に傾倒、その影響で左馬介も鉄扇術を叩きこまれていた。

戦場で使う軍配を日頃から持ち歩くわけにはいかない。そこで得物《えもの》を鉄扇に変え、太刀を受けたり、殴りつける道具として使う形になった。

「………」

腰に鉄扇を差して、左馬介は長屋を後にした。

分銅屋に戻った左馬介は、持ってきた荷物を空き家に置くと、番頭から木札を借りて風呂屋へと行った。

「久しぶりだ。この湯気」

水の出が悪い江戸の風呂屋は、関西のような大きな湯船を持つ湯屋ではなく、蒸し風呂であった。

柘榴口《ざくろぐち》とよばれる天井から腰の高さくらいまで垂れている板戸を潜って、蒸気が溜まっている湯殿へ入れば、たちまち全身から汗が噴き出てくる。それを持参あるいは、置かれている竹篦《たけべら》でこそぐように拭えば、汗とともに浮いた垢《あか》がおもしろいように取れていく。

「番太郎、湯をくれい」

湯殿の隅に切られている小窓に向かって叫べば、樋《とい》を伝わって湯が流れてくる。それを手桶で受けて、身体にかけ汚れを落とす。

最後に水桶から手桶で水を掬《すく》い、浴びて出る。

開いていた毛穴が引き締まり、汗が一気に引く。

「なんともはや」

久しぶりの湯に、左馬介は生き返った気持ちであった。

「喰うだけで手一杯であったが……人はそれだけでどうにかできるというものではないのだなあ」

風呂屋から分銅屋へ移動した左馬介は、あらためて分銅屋仁左衛門の前へ顔を出した。

「では、隣に行って参る」

「……ずいぶんとさっぱりなされたようで」

分銅屋仁左衛門が笑った。

「いや、馳走であった」

左馬介も頬をゆるめた。

「今度、暇ができたら髪結いにも行ってくるとしよう」

「そうなさいませ。他人というのは、思っているよりも外見で人を判断いたしますから。小汚い浪人さんより、身ぎれいなお方を雇いたいと思うのは当然でございますよ」

分銅屋仁左衛門が述べた。

「よく拙者を雇ってくださったの」

「棟梁のご紹介でなければ、お断りいたしておりました」

はっきりと分銅屋仁左衛門が言った。

「やれ、危ないところだったのだな」

左馬介は首をすくめた。

「日雇い仕事も商いだと思っていただきませんと」

「商い……なにも売らぬぞ」

分銅屋仁左衛門の言葉に、左馬介は怪訝な顔をした。

「なにをおっしゃる。諫山さまは、ご自身を売っておられるではございませんか」

「拙者を売っている」

左馬介は驚いた。

「はい。日雇いというのは、一日、一日、己を売って日銭を稼いでいるのでございます。そして買ったほうは、安い買い物だったか、適正な値段だったか、無駄金だったかを、絶えず見ている」

「安い買い物だった者を翌日も雇う」

「さようで。手が足りなければ、適正な値段でも買いましょうが、商売人は、ものを安く買って高く売るのが仕事でございますからね」

分銅屋仁左衛門が語った。

「気を付けておこう」

言われた意味がわからないほど左馬介は世間知らずではなかった。父が死んで以来、ずっと一人で糧《かて》を稼いできた。十数年の日々は、左馬介を育てあげるとともに、すれさせてもいた。

「さて、長くお引き留めするわけにも参りません」

行けと分銅屋仁左衛門が告げた。

「夕餉を頼むぞ」

浪々の身が長いと、なによりも喰うことに執着する。つい今まで風呂のありがたさと気持ちよさを感じていても、食事への思いは別であった。

「ご心配なく。日暮れ前には持って行かせますよ」

少々あきれたような口調で、分銅屋仁左衛門が約束した。

三

日が傾き始めていた。

空き家に入った左馬介は、明かり取りのために開け放っていた雨戸をしっかりと閉めた。

「さすがにもと金貸しだけあって、雨戸は立派なものだ」

雨戸の上下に設けられた閂《かんぬき》を左馬介は入れた。

上下に閂があれば、雨戸を外から外される怖れはまずない。片方だけだと、雨戸を持ちあげてしまえば外せるのだ。

台所の無双窓から入る日が暮れ前の光を頼りに、左馬介は準備を始めた。

襲われたときの対処はしておかなければならない。左馬介は、まずどこに陣取るかを考えた。

「寝ずの番を一人でするのは難しい」

どうしても眠くなるのは人の性《さが》である。それを無理矢理抑えつけても、ろくなことはない。反応が遅くなる。判断をまちがう。これらは命取りになりかねなかった。

さすがに横になって眠りこけることはできないが、どこかにもたれて仮眠くらいは許されている。ただ、その場所が重要であった。

「この柱を背にするか」

左馬介は台所に続く部屋の柱を選んだ。柱にもたれておけば、少なくとも背後から奇襲を受ける心配はなくなる。また、小座敷は店先にも、奥にも通じていた。

「いつのまにか手紙を置いていくような奴だ。天井裏から来ることも考えられる」

左馬介は天井を見あげた。

「防ぎようがないな」

今更、天井板を釘付けにはできなかった。

「風呂に浮かれたな」

準備不足に左馬介は苦笑した。

「雨戸を蹴破っては来るまい」

丈夫な雨戸を潰すには、手間が要る。なにより、音がした。

「諫山さま」

すでに表戸は閉めている。開いている勝手口から喜代の声がした。

「飯か。ありがたい」

左馬介は台所へ向かった。

「ご飯は、これでと旦那さまが」

焼いた鰯ののった膳と白湯、香の物に小さなお櫃《ひつ》が用意されていた。

「いや、ありがたし」

お代わりはなしだと言われたが、日頃に比べればずいぶんとましである。左馬介は喜代に手を合わせた。

「膳はこのまま、置いておいてください。明日の朝、引き取りに参ります」

そう告げて、喜代が出ていった。

「ちょうだいする」

隣に向かって軽く頭を下げた左馬介は、箸を取った。

「……馳走であった」

飯櫃に白湯を入れて、米粒の一粒までさらえて左馬介は夕餉を終えた。

「いささか、もの足りぬが、満腹になると眠くなるでな」

左馬介は残った白湯で、口のなかを漱《すす》ぐようにした。

「……隣も店じまいか」

表戸を閉める響きがした。

店じまいをすませれば、通いの奉公人は帰り、住みこみの奉公人たちは食事や風呂となる。

金と元気のある奉公人は、さらにその後店を抜け出して、遊郭へと繰り出していく。

「……静かになったな」

それも深更になるまでにすべては終わる。奉公人の朝は、夜明け前から始まるのだ。

遅くまで遊んでいては、翌日が辛い。

仕事で疲れているのもあり、奉公人の寝付きもいい。

「眠くなってきたな」

すでに台所の無双窓も閉めている。空き家のなかは漆黒の闇であった。

「……うん」

一刻ほど眠気と戦っていた左馬介は、ふと風を頬に感じた。

「雨戸、襖は閉めた。だが、風がある。どこかを開けられたな」

左馬介は、伸ばしていた足をゆっくりと曲げた。いつでも飛び跳ねられるように、足の裏を床に押しつけた。

「……明るい」

奥の部屋の方が紅くなっていた。

「弾《はじ》けるような……」

左馬介の耳に、竹が割れるような音が聞こえた。

「まさか……」

すでに廊下も明るくなった。

「火を付けやがった」

左馬介が飛び起きた。

「火事だぞおお」

大声を上げながら、左馬介は奥へと向かった。

「……誰だ」

奥の部屋にいた黒ずくめの影が誰何《すいか》した。

「面体も露《あら》わにしてない輩に、問われるとは思わなかったぞ」

左馬介は右手を後に回し、帯に差していた鉄扇を握った。

「用心棒か」

「火付けは火あぶりの大罪だぞ」

「金で雇われて死ぬか。あわれな」

「火を消せ」

かみ合わない会話を続けている余裕はあっという間になくなった。火の勢いは増していた。

「きさまも焼け死ぬぞ」

「…………」

左馬介の指摘への返事として、黒ずくめがなにかを投げつけた。

「なんの」

すばやく鉄扇を開いた左馬介は、飛んできたものを防いだ。金気《かなけ》同士の当たる音が響いた。

「……扇子」

黒ずくめが怪訝そうな声を出した。

「おう、やああ」

左馬介は鉄扇を指の動きだけで閉じると、黒ずくめを打ち据えようとした。

「鉄扇か。また古風なものを持ち出してきたな」

鼻先で笑って、黒ずくめが後へ下がった。

「よっ、はっ」

太刀と違い、鉄扇は軽い。長さも短い。かわされても、大きく体勢を崩すことはなく、続けざまに攻撃を繰り出せた。

「調子に乗るな」

黒ずくめの男が、腰に一本だけ差していた長脇差を抜いた。

「えいっ」

「ふん」

左馬介の鉄扇が黒ずくめの右肩を襲った。それを黒ずくめが長脇差で弾いた。

「……ちっ。切っ先が欠けた」

棒に近い鉄の塊と打ち合えば、刀身の薄い長脇差が負ける。

「安物を使うからだ」

左馬介が嘲弄した。

「いい度胸だな。わかっているのか。命の遣り取りをしているということを」

しゃべりながら男が手裏剣を続けさまに投げてきた。

「むっ……」

頭、膝、喉、胸と高さを変えて飛んでくる手裏剣を左馬介は鉄扇を翻して弾き、身体をひねってかわした。

「ほう。慣れているな」

男が感心した。

「だが、所詮は扇。間合いが短すぎる」

長脇差を突き出した。

「はっ」

鉄扇でその腹を左馬介は叩いた。

澄んだ音がして、長脇差が折れた。

「やった……」

相手の得物を使えなくした。これは勝利の形の一つである、左馬介は歓喜した。

「……甘い」

折れた長脇差を捨てて、そのまま男が懐へ入りこんできた。

「しまった」

勝利に浮かれていた左馬介は、油断していた。

「喰らえ」

男が左馬介の鳩尾《みぞおち》を殴りつけた。

「がはっ」

左馬介は後へ飛ばされた。

「終わりだ。火消しが来る前に焼け落ちる」

襖を焼いていた火が、天井を焦がし始めていた。

「死んでおけ」

男が左馬介へ手裏剣を突き立てようとした。

「やられるものかああ」

右手だけで左馬介が鉄扇を振った。

「くっ」

鉄扇が黒ずくめの男の突き出した手を打った。

「……ちっ。面倒な」

手裏剣を落とした男が吐き捨てた。鉄扇に打たれた手は折れてはいないようだが、しばらく痛みで使えなくなる。

「あきらめの悪い奴」

「あたりまえじゃ。死にたくないから働いている」

転がったまま、左馬介が言い返した。

「限界か」

男が左馬介から離れた。

「それ以上は逃げられぬぞ。あきらめるんだな」

素早く立ち上がった左馬介が言った。

部屋の襖のほとんどが火に巻かれていた。

「どこから入ったと思っている」

黒覆面の下で、男が笑った。

「見ろ」

男が天井を見あげた。

「なんだと」

釣られて左馬介が上を見た。

「……………」

「なにもない……えっ」

あわてて男へ目を戻した左馬介は、誰もいないことに気づいた。

「どこへ消えた」

左馬介が辺りを見回したが、男の姿はなかった。

「逃がしたか……いや、見逃してもらったと言うべきだろうな」

思わず左馬介は安堵のため息をついた。

「……熱っ」

火の粉が舞い始めた。

「まずい。さすがに焼けては怒られるな」

急いで左馬介は太刀を抜いた。

「襖に火を付けたのだ。なら、襖を斬れば……」

江戸の火消しは、燃えさかる家の周りを壊して、延焼を防ぐ。火事の多い江戸である。左馬介は、何度もそれを見ていた。

「えいっ。やあ」

太刀を水平に薙《な》いで、燃えている襖もまだ火が付いていない襖も斬る。斬られた襖が崩れ落ちて火勢がそこに集まる。

「襖さえ崩せば、炎は天井へ届かないな」

左馬介は、少し力を抜いた。

「天井が焼けているのをなんとかせねば」

転がっている襖の桟を手にして、左馬介は台所へと向かった。

襖の桟には火が付いている。即席の松明《たいまつ》代わりであった。

「水壺の水をかけるしかないが……桶がない」

左馬介は焦った。

「……飯櫃」

ふと左馬介は思い出した。

台所に置かれている飯櫃に水を入れて、左馬介は奥の部屋へと戻った。

「いかん」

焼けている天井板が増えていた。

「……焼け石に水だ」

飯櫃くらいの量では、火を消すには至らなかった。

「なにをしておられるので。おい、みんな。水を」

無駄なことだったと呆然とした左馬介の背中から怒鳴り声がした。

「分銅屋どの」

「どうなっているのかの詳細は、火を消し止めてからで」

振り向いた左馬介に、分銅屋仁左衛門が険しい顔で言った。

「ああ」

水の入った桶を持った奉公人たちが集まっていた。じゃまにならないようにと左馬介は下がった。

「……次だ、次」

たちまち部屋が水浸しになった。左馬介によって斬り落とされ、床で燃えていた襖の火が消えた。

「上にかけろ」

火元を先に処理し、続けて天井へと水が掛けられた。

「消えたようだね。誰か、梯子をかけて、天井裏に火が残っていないかどうかを見なさい」

「へい。義助、店から梯子を。太郎と寅吉は、手燭《てしよく》を」

分銅屋仁左衛門の命に、手代が指図をした。

「…………」

すぐに準備が整えられ、身の軽い丁稚《でつち》が天井裏へと駆け上がった。

「大丈夫そうで……」

丁稚が上から報告した。

「念のためだ。嘉吉、天井裏に水を撒《ま》いておきなさい。明日、また火が出てはさすがにご近所が黙っていませんからね」

分銅屋仁左衛門が指示した。

「なんとか、火消し騒動にはならずにすみました」

緊張を分銅屋仁左衛門が解いた。

「火消し騒動……」

聞き慣れない言葉に、左馬介は首をかしげた。

「火事騒ぎでございますよ。近所に火事だと騒がれて、火消しが出てきたら大事でございました」

小さく分銅屋仁左衛門が震えた。

「あっ……隣接している店が……」

「はい。壊されていたでしょうなあ。火事の広がりを防ぐと言われては、逆らえませんから」

分銅屋仁左衛門が首を小さく振った。

火事は江戸の華といわれるが、なんといっても大迷惑なものである。木材と紙でできている家屋は、火に弱い。あっというまに火事は大きくなり、多くの人が焼け出されるだけではなく、死んでいく。

火事は江戸の恐怖であった。

当然、火事を制する火消しの力は強くなる。火を消すためとなれば、かなりのことができた。

「まだ、町火消《まちびけ》しはいいんですがねえ。日頃からなにかと気を遣ってますのでね。よほど切羽つまらないと商家を壊しはしませんが……定《じょう》火消しと大名火消しが出ては、もうどうしようもございません。火から一丁（約百十メートル）離れていても、あやつらは平気で壊しますから」

分銅屋仁左衛門がいやな顔をした。

「それは迷惑な」

左馬介も同意した。

「家を潰されるだけなら、まだ我慢できましょうが……」

「まだあるのか」

さらに顔をゆがめる分銅屋仁左衛門に、左馬介は驚いた。

「どさくさに紛れて、潰した家のなかのものを盗みだすんでございますよ」

「火事場泥棒か。それを火消したちが」

「町火消しは絶対にいたしません。一度でもやれば、町内におられなくなりますから。

それに町火消しの親方は、町内の代表でもありますから。もし、身内でそれをした奴がでたら、しっかり後始末をしてくれます」

分銅屋仁左衛門が否定した。

「町火消しは、町内が養っているので」

「なるほど。その点、幕府の定火消しと大名火消しは……」

「はい。こちらから文句もつけられません」

幕府の定火消しは、四千石の旗本を長としたもので、与力六名、同心三十人、火消し人足百名内外からなった。江戸の各地に分散して作られた火消し屋敷十カ所に在し、十人火消しとも呼ばれた。

「さすがに御上のお役人はなにもなさいませんが、臥煙《がえん》どもは」

大きく分銅屋仁左衛門が嘆息した。

臥煙とは火消し人足のことだ。冬でもふんどしに看板と呼ばれる半纏《はんてん》一枚を羽織った姿で闊歩《かっぽ》し、乱暴を働いた。

「身許もはっきりしない連中でございますし。なかには下手人もいるとか」

火事場で命を張る臥煙は、死んだり怪我したりして、欠員が出やすい。また、それだけになりたがる者は少なく、定員割れした定火消しだと人別《にんべつ》さえ確認しないで雇い入れるときもあった。

「さすがに蔵には手出ししませんがね。店に置いている金はまずやられますね」

分銅屋は両替商である。小判や大判は店じまいと同時に蔵へ納め、厳重に鍵を掛けるが、小粒や一分金、銭などは店の手文庫にしまっておくだけであった。もちろん、手文庫にも鍵はかかるが、その気になれば潰すことはできた。

「そうか」

左馬介も息を吐《つ》いた。

「さて、諫山さま」

分銅屋仁左衛門が厳しい目つきになった。

「事情をあちらで伺いましょう」

店へ来いと、分銅屋仁左衛門が言った。

まだ深夜だったが、分銅屋のなかは賑《にぎ》やかであった。

「米を炊いておきなさい。皆、お腹を空かせて帰ってきますから」

中年の女中が若い女中に命じていた。

「あと水に濡れているでしょうから、あとで風邪引かぬように、お湯を沸かしておくのを忘れないように」

「お喜代、茶を頼む」

分銅屋仁左衛門が女中に告げた。

「ひっ……は、はい、旦那さま」

一瞬顔色を変えた喜代がうなずいた。

「なにがございました」

部屋に入るなり、分銅屋仁左衛門が詰問してきた。

「嘘《うそ》ではないぞ」

念を押してから、左馬介が黒ずくめの男の話をした。

「そのような者がいたという証《あかし》はございますか」

分銅屋仁左衛門がじっと左馬介を見た。

「疑われるのも無理はないが……証拠ならば、あの火の付いていた部屋に、黒ずくめが使っていた刀が落ちているはずだ。吾が叩き折ったので、破片もある」

左馬介が思い出した。

「けっこうでございまする」

「実物を見ずともよいのか」

あっさりと信じた分銅屋仁左衛門に、左馬介は確認した。

「もともと疑ってはおりませんでした」

「では、なぜ」

「少し考えることで、落ち着いていただくためで」

「……………」

左馬介は驚いた。

「お気づきではございませんでしたか。諫山さま、すさまじいお顔をなさってました」

「すさまじい顔……」

左馬介は己の顔を撫でた。

「命がけの戦いをなさったのでしょう。頬が強《こわ》ばっておりました」

「それで、さきほどのお女中が……」

喜代が怯《おび》えた様子をしたのを、左馬介は思い出した。

「旦那さま、隣家に出ていた者たちが戻って参りました」

番頭が顔を出した。

「ご苦労さまだね。冷えただろうから、温かいお湯でも飲んで、寝ておくれ」

分銅屋仁左衛門が奉公人たちに寝ていいと告げた。

「へい。では、お休みなさいませ」

代表して番頭がさがっていった。

「拙者も戻ろう」

左馬介も腰を上げた。

「水浸しでございましょう。部屋を用意しますので、こちらで」

「いや、台所脇の座敷は大事なかろう。騒動の後ほど、油断しやすい」

「さすがでございますな」

分銅屋仁左衛門が感心した。

「では、明日またよろしく頼む」

一礼して左馬介は分銅屋を出た。

「火事の後だからか、暑いな」

小座敷に帰った左馬介は熱気に閉口した。

「これは眠れぬ」

左馬介は最初のように柱を背にして座った。

「……いくらなんでも暑すぎる」

半刻ほど経って、ますます暑くなった。左馬介は異常を感じた。

「……火は消えている」

奥座敷は水浸しで、とても火が残っているとは思えなかった。

「どこも燃えていない」

すべての部屋を確認した左馬介は、首をひねった。

「しかし、ここは異常だ」

左馬介は辺りを見回した。

「……あっ」

台所の床下に放り出されていた炭があったことを左馬介は思い出した。

「燃えている」

床下を覗いた左馬介は、まき散らされていた炭のいくつかに火が入っているのを確認した。

「ちっ。二段構えか」

もう一度左馬介は、分銅屋を起こしに走った。

第四章　難題追加

一

二段構えの火付けは、左馬介が気づいたことで防がれた。

「……ご苦労さまでした」

翌朝、さすがに疲れ切った顔で、分銅屋仁左衛門が左馬介をねぎらった。

「いや、一度で気づいておかねばならぬ」

左馬介は肩の力を落とした。

「……床下の炭、見ていたのだ」

「台所の床下に炭があるのは当たり前でございますよ」

分銅屋仁左衛門がなだめた。

「だが、あのちらかしようで予測できたはず。どこかで気が緩んでいたのだろう」

左馬介は反省した。

「焼けなかったのでございます。もう、よろしいでしょう」

「…………」

無言で左馬介は頭《こうべ》を垂れた。

「棟梁にできるだけ早く来ていただかねばなりません。さっさと潰してしまわないと、いつまた煙を出すか」

どれほどの金持ちでも、火事はまずかった。家を建て直すだけなら、それほど大したことではないが、延焼した家の面倒も見なければならない。

町内を捨てて、どこかに夜逃げするならまだしも、それをすると再起はまずできなかった。

江戸は町内が一つのなわばりであった。買いものもまず町内だけですんだ。その支払いも節季ごとの貸し売りが普通である。身許引受人がいなければ、長屋でさえ入居できないのは、信用を得るためであった。

そこでなにか失策をおかせば、まず八分にされた。そして、その八分から逃げたとしても、新しい町内へ移るには、やはり身許引受人がいる。前に住んでいたところで、まともに引き移りの義理を果たしていない奴の身許引受人をする者などいない。

こうなれば商家は終わりであった。

「それがよろしかろう」

潰して更地にするという分銅屋仁左衛門に、左馬介は同意した。

「これで仕事は終わりでよいな」

左馬介は辞めたいと言った。

「それなんでございますが……」

分銅屋仁左衛門が真剣な表情をした。

「このままですむとお考えでございますか」

「家を潰してしまえば、もう大丈夫だろう」

問われた左馬介は応じた。

「帳面がわたくしの手元にあることを、諫山さまは怪しい者にお伝えになりましたな」

「……………」

二日目の夜長屋へ忍びこんできた女に、左馬介はしゃべっていた。それを思い出させられて、左馬介は気まずげに沈黙した。

「この帳面があるかぎり、わたくしどもは狙われると思いますが」

「……ならば帳面を捨ててしまえばよいではないか」

左馬介は告げた。

「それを向こうは信じてくれますか」

「…………」

こちらが捨てたと言ったところで、隠していないのかと疑われるのが普通であった。

「なにより中身をわたしは知っている」

「むう」

「そして、隣が潰れれば、次は……」

「店か」

「あるいは、わたくし」

分銅屋仁左衛門が口にした。

「あいにくだが、剣術の腕前は看板にできるというほどではなくてな」

剣術は苦手だと左馬介は逃げた。

「昨夜、曲者《くせもの》をどうやって追い払われました」

じっと分銅屋仁左衛門が左馬介を見つめた。

「火事場から出てきた刀が折れていたようでございましたが……」

分銅屋仁左衛門が尋ねた。

「それはこれを使って……」

訊かれた左馬介が鉄扇を出した。

「鉄扇でございますか。それで刀の相手をなさる」

「必死であった。いや、よく生きていたものだ」

左馬介は布石を打った。

「もう一度やれと言われても無理であろうよ」

「いつも謙虚でいらっしゃる」

分銅屋仁左衛門が褒めた。

「さて、あらためて日当のお話をいたしましょう」

あっさりと分銅屋仁左衛門が左馬介の逃げを無視した。

「……用心棒ならば、もっと腕の立つ男が」

「それで内々ですませてこられた話を、広めろと」

商家にとってもっとも怖いのが噂であった。家内がごたごたしているといわれただけで、上得意は離れていく。

「…………」

何度目になるか、左馬介は黙った。

「諫山さま、こういうのを一蓮托生《いちれんたくしょう》というのでございますよ。あなたさまは命をかけ、わたくしは分銅屋の暖簾《のれん》をかける。商人にとって暖簾は命」

「……はああ」

左馬介は大きく息を吐いた。

「わかった。その代わり、日当は考えてくれよ」

「もちろんでございますとも。日当ではなく、月極《つききめ》といたしましょう」

「月極……そんなに長くか」

左馬介は驚いた。月極となると少なくとも三十日以上の契約である。日雇いでは、まずあり得なかった。どんな大きな普請場でも、雑用しかできない浪人の雇用は長くて十日ていどである。また要り用になれば、あらためて雇えばすむからだ。

「さようでございますな。一カ月ごとに三両ではいかがで」

分銅屋仁左衛門が提案した。

「待ってくれ。それでは日当が一貫を割るではないか」

左馬介は苦情を申し立てた。

一両はおよそ六千文、三両で一万八千文になる。これを三十日で割ると、一日六百文である。人足の日当よりは高いが、今、分銅屋との約束である一貫、およそ千文に比べると安かった。

「長期契約ですからね。いささか、値下げをお願いしますよ」

商人らしい値切りを分銅屋仁左衛門が見せた。

「それにしてもほぼ半額はいささか酷すぎるのではないか」

日当は生活に直結する。左馬介は粘った。

「あと条件が付きまする」

「なんだ」

これ以上、なにを求められるのかと左馬介は身構えた。

「店へお住まいいただきまする」

「長屋はどうする。空店《あきたな》賃を払うのは嫌だぞ」

住んでもいない長屋の家賃とはいえ、払い続けなければ放り出される。家賃を払わずに放り出されたとなれば、次に家を借りるとき不利であった。

「もちろん、出ていただいてけっこうでございますよ。ああ、ご心配なく。住みこみのお願いが終わったときは、わたくしが所有しております長屋をお貸ししましょう」

「家賃は……今より高いのはごめんだ」

分銅屋は金持ちである。その所有している家作は多い。とはいえ、その日暮らしの浪人が入れるような格安な物件だとは思えなかった。

「もちろんでございますとも。いや、なんでしたら無料でもよろしゅうございますよ」

「ただだと」

左馬介は身を乗り出した。

今の長屋の家賃は、十日ごとに百六十文である。これがなくなるのは大きかった。

「もちろん、お手伝いいただく期間とか、どのていどお働きいただいたかで変わりますがね」

しっかり働かないと、ただにはしないと分銅屋仁左衛門が釘を刺した。

「誠心誠意仕事をするぞ。それだけはまちがいなく約束する」

家賃の負担がなくなるならばと左馬介は強く主張した。

「その点は信用しております。でなければ、住みこみなど申しません」

分銅屋仁左衛門が笑った。

「むっ……」

嫌がっていた左馬介をのせるための提案だと言われた。

「では、お引っ越しをお願いしましょう。店の者を何人か出しますので」

「気遣いはありがたいが、不要じゃ。引っ越しといったところで、衣服の行李《こうり》が一つに、鍋釜が少々しかないのでな」

両手があれば足りる。左馬介は断った。

「さようでございますか。では、わたくしは大家さんにお話をしておきましょう」

長屋の住人を引き抜くのだ。わずかとはいえ、家賃が減る。礼儀として挨拶をしておかなければ、あとあと面倒になった。

「頼む。さっそく引っ越ししてくる」

左馬介は、立ちあがった。

「はい。お戻りまでには、お部屋の用意をしておきまする」

分銅屋仁左衛門が見送った。

田沼主殿頭《とのものかみ》はつい先日の七月から見習いが取れ、正式なお側御用取次になった。

お側御用取次は、将軍の居室であるお休息の間近くに控え、目通りを願う者の取次をする。

八代将軍吉宗が、老中たちの専横を抑えるために新設した役職で、たとえ、老中や若年寄でも、お側御用取次の許可なくして、お休息の間へは入れなかった。

「そのようなご用件では、お取次いたしかねまする」

「上様、ご多用中でございまする。ご遠慮くださいませ」

「お伺いいたして参りましたが、ご不例のよし。お目通りかないませぬ」

直接将軍との面会を禁じられ、お側御用取次を通じなければならなくなったことで、老中でさえ目通りできないという事態が起こっていた。

「本日のお目通りは、これまでとする」

家重はまともに言葉が使えない。聞き取ることはできるので、報告には支障がないが、指示に苦労する。

側用人大岡出雲守忠光が、通訳するとはいえ、なにを言いたいかを表現するだけでも疲れる。もどかしいと家重が焦《じ》れてしまうのだ。

そこで家重に面会できる人数を田沼意次たちお側御用取次は制限していた。

「待て、至急の用件である」

老中西尾隠岐守《おきのかみ》忠尚がお休息の間控えへやってきた。

「相成りませぬ」

田沼意次が断った。

「なにを申す。至急の用件じゃと言ったであろう。そなたていどでは話にならぬ。どけ」

西尾隠岐守が怒気を露わにした。

お側御用取次によって、将軍への目通りを制限されることに、老中たちは反発を覚えていた。事実、お側御用取次が創設されて以来、何度も御用部屋一同といった連名で老中たちが、吉宗へ廃止を求める願いをあげていた。

もちろん、そのすべては却下されていた。

「そなたはお側御用取次になって日が浅い。ことの緩急がわからぬのだ。老中は政を預かる重職である。我らの言うとおりにいたせ」

西尾隠岐守が押してきた。

「……………」

田沼意次は悟った。

お側御用取次になって日の浅い田沼意次を丸め込み、無理からの目通りを果たそうと西尾隠岐守はしていた。

そして、一度でもさせてしまうと、それは慣例になる。

「なりませぬ。上様はお疲れでございまする」

「愚か者め。急用じゃ。通るぞ」

西尾隠岐守が無理に通ろうとした。

「目付を呼びますぞ」

「な、なにを」

目付と言われて西尾隠岐守が止まった。

もとは旗本の非違《ひい》を監察するのが役目であった目付は、今やその権を拡大し、江戸城内すべてをその範疇《はんちゅう》としていた。

直接将軍へ目通りできる目付は、老中の支配ながら、上役を摘発することも許されている。また、目付だけはお側御用取次の制止を無視できた。

「用件をまずお聞かせいただきたく」

お側御用取次には、将軍への奏上をあらかじめ知るだけの権が与えられていた。

「……についてじゃ」

目付の名前が出たからか、西尾隠岐守が用件を素直に語った。

「それは急を要しませぬ」

田沼意次が判断した。

「きさま……」

「お疲れの上様にご負担をかけるほどのことだと……」

にらみつけてくる西尾隠岐守を田沼意次がにらみ返した。

「西尾隠岐守さまは、上様のご体調を気にされぬと」

「そ、そんなつもりはない」

言われた西尾隠岐守が慌てた。

将軍の命などどうでもいいと言ったに等しいのだぞと宣されて、西尾隠岐守の顔色が変わった。

「あ、明日一番にいたそう」

悔しげに頰をゆがめながら、西尾隠岐守が背を向けた。

「なぜ、あのような者を上様は重用なさるのか。出は、紀州の足軽だというに」

聞こえよがしに呟いて、西尾隠岐守が去っていった。

「これも大御所さまのご采配」

幕政改革をするには、それなりの地位がいる。まして吉宗でさえ頓挫した大改革をしなければならないのだ。田沼意次は出世しなければならない。お側御用取次は、そのための一段であった。

老中とはいえ、思うがまま将軍に目通りできない。八代将軍吉宗が、老中たちとの間にお側御用取次を挟んだのは、将軍の権威を高めるためであった。

それは同時に、老中さえ止めるだけの権をお側御用取次に持たせた。

さらにお側御用取次は、老中だけでなく将軍に目通りを求めるすべての者の用件を知ることができる。

そう、お側御用取次は、幕政のすべてを見聞きするのだ。これは、将来の執政としての準備でもあった。

「臆してはならず」

田沼意次は、吉宗の意図をよく摑んでいた。

そこいらの旗本ならば、老中の姿を見ただけで萎縮してしまう。幕政を差配する老中には、気に入らない旗本を消し飛ばすくらいなんでもない。まして、田沼家は、紀州家からの転籍組である。どうしても代々の譜代より、下に見られる。

そうなれば、重みがなくなる。家重が田沼意次を重用し、順調に出世させたとしても、配下がついてこない。

このような状況で幕政改革などできようはずはなかった。

しかし、お側御用取次として老中や、若年寄などと応対していると、執政たちに顔も売れる。厳格な対応を続けるだけで、嫌われるだろうが、甘く見られることはなくなる。

まさに今の田沼意次にとってお側御用取次は最適の役目であった。

「さて、上様にご報告を」

本日の用件は終わったと伝えて、田沼意次の役目は終わった。

二

下城した田沼意次のもとには、いろいろな客が来る。

お側御用取次は、将軍家の寵臣が任じられる。なにより、お側御用取次は誰に遮られることなく、将軍に会えるのだ。

己の出世を望む者にとって、お側御用取次の価値は高い。音物《いんもつ》を贈って誼《よしみ》を通じるにふさわしい相手であった。

「なにとぞ、よしなに」

田沼意次よりもはるかに家格の高い旗本が、辞を低くしてあいさつをした。

「こちらこそ、よろしくお願いをいたしまする。ご貴殿のお名前、決して忘れませぬ」

音物を受け取って、田沼意次は告げた。

高禄の旗本ほど役目には就きにくかった。ふさわしいだけの役目が少ないのだ。三千石だ、五千石だとなれば、大目付や、留守居、町奉行、勘定奉行、大番頭くらいしか就けなくなっている。定員が少なく、ほとんどの名門旗本が職にあぶれている。

もちろん、田沼意次に役目を斡旋《あっせん》する力はないが、止めることはできた。

「ふさわしいご用件とは思えませぬ」

大目付や町奉行などになると新規就任の許可を将軍に求めなければならない。その目通りをお側御用取次は邪魔できる。

お側御用取次に嫌われれば、人事にも影響が出た。

老中などの要路に金を贈り、機嫌を取ってようやく役目に推薦されるところまで来た連中にしてみれば、お側御用取次で止められては泣くに泣けない。まさに仏作って魂入れずになってしまう。

そこで、近々出世が決まった者は、お側御用取次詣でをする慣例ができていた。

「……ふむ。白絹三反と大判一枚か」

音物をあらためた田沼意次が、独りごちた。

「賄《まいない》は金と決まっておる。米を持って来た者はおらぬ。米は重くかさばり、目立つ」

お側御用取次の屋敷に、大八車に積んだ米を持ちこむなどすれば、江戸中の噂になる。

「武家も米より金とわかっておる証拠だが……」

田沼意次は、待っている困難に嘆息した。

「ただいまのお方さまで、来客は終わりでございまする」

門まで来客を見送っていた用人が戻って来た。

「うむ。ご苦労であった。これを片付けておいてくれ」

意次が音物を示した。

「はい。これはいつものようにいたして」

用人が訊いた。

「任せる」

意次が認めた。

「お着替えを」

用人と入れ替わりに入ってきた家士が、意次を夜着へと替えさせた。

「奥へお出でになられまするか」

家士が問うた。

数千石ともなれば、旗本でも表と奥の区別があった。妻と睦《むつ》み合うにしても、側室を閨《ねや》に入れるにしても、いろいろとしなければならないことがあった。

「いや、本日はここで寝る。皆も、もう休め」

首を横に振って意次は就寝を口にした。

武家は質素を旨とする。まして吉宗からの薫陶を受けた意次である。綿入れの豪華な敷き布団や金襴《きんらん》の掻い巻きなど使わなかった。

畳の上に敷いた薄縁《うすべり》の上へ、夜着のまま横になるだけであった。

早飯、早糞《はやぐそ》、武士のならいという。戦場ではのんびり飯を喰うわけにもいかず、ゆったり厠《かわや》に入ることもできないという意味である。そこに早寝というのも付け加えなければならなかった。

疲れは判断を狂わせる。寝不足は頭の働きを落とし、些細《ささい》な失敗を犯しやすくなる。それを防ぐには、目を閉じればすぐに眠れる寝付きの良さが必須であった。

横たわった意次は、数呼吸する間に寝入った。

「………」

天井裏がすっと開いた。なかから黒頭巾が出てきて、意次の呼吸をはかった。

「寝ている」

しばらく様子を見ていた黒頭巾が、天井裏から音もなく落ちてきた。

「………」

無言で黒ずくめが意次の枕元に移動した。

「主殿頭さま」

黒ずくめが意次を呼んだ。

「……誰だ」

すっと意次は目覚め、有明《ありあけ》の灯りに映る黒ずくめを誰何《すいか》した。

「さすがでござるな」

動揺を見せなかった意次に、黒ずくめが感心した。

「大御所さまの手か」

殺気のない黒ずくめに、意次が悟った。

「さようでござる」

黒ずくめが背筋を伸ばした。

「お庭番、明楽飛騨《めいらくひだ》と申しまする」

「……お庭番……なるほどの」

名乗った黒ずくめに、意次が納得した。

お庭番は、吉宗が紀州から連れて来た腹心で創《つく》りあげた隠密《おんみつ》であった。老中の私兵と化している伊賀者の代わりとして、将軍の命だけを受けた。

「おぬしが米と金のことをいたしていたのか」

「拙者と同役木村和泉《いずみ》、村垣伊勢、馬場大隅《おおすみ》の四人でござった」

明楽飛騨が答えた。

「どのようなことをしていた」

起きあがって意次が尋ねた。

「金の力を旗本に教え拡げる役目を」

「……意味がわからぬ。大御所さまの命であろう」

意次が困惑した。

「大御所さまからお任せをいただいておりました」

「おぬしの考えでか」

「わたくしどもが立案いたしましてございまする」

明楽飛騨が全員の考えであったと述べた。

「お庭番はもと紀州家の玉込め役であったはず。勘定を得意としてはいなかろう」

意次が首をかしげた。

紀州家の玉込め役とは、当主の側にあって、その使用する鉄炮《てつぽう》の手入れ、装塡《そうてん》をおこなう。戦場で当主のすぐ近くにあることから、盾の役目も果たした。武術に優れた軽輩から選ばれ、根来寺《ねごろじ》へ鉄炮の修業に出された。

根来寺は戦国の雑賀衆《さいかしゆう》とならんで鉄炮の名手として知られた修験者の道場である。ここで鉄炮の技を学ぶと同時に修験者としての修行を重ねた玉込め役は、忍《しのび》に近い体術も身につけ、戦国が終わり鉄炮の出番がなくなってからは、藩主直属の隠密を務めてきた。

「商人に化生《けしよう》いたすこともありますれば、算盤くらいは使えまする」

化生とは、身形《みなり》や言葉遣いを変え、正体がばれないようにすることである。商人に化けて任を果たすので、勘定もできると明楽飛騨が応じた。

「なるほどの。で、なにをしていた」

「城下に店を構え、旗本だけの金貸しをしておりました」

「旗本だけの金貸し……」

「さようでございまする」

明楽飛騨が首肯した。

「旗本に無制限に金を貸し、我らのいうがままに仕立て上げるはずでございました」

「何人旗本がおると思っておる。万をこえるのだぞ」

意次があきれた。

「もちろん、選んでおりまする。勘定吟味役《ぎんみやく》を籠中のものにする予定でございました」

「勘定吟味役か。ふむう」

明楽飛騨の返答に、意次が思案した。

勘定吟味役は、勘定奉行の次席で、幕府の勘定方すべてを監察した。勘定方における目付ともいうべき役目で、上役である勘定奉行でさえ訴追できた。また、金のことであれば大奥にでも立ち入るだけの権を有していた。

「悪くないの」

意次が認めた。

「で、その成果はどうなっておる」

「完成する前に、大御所さまが撤退を命じられましてござる」

問われた明楽飛驒が告げた。

「いつのことだ」

「大御所さまがお亡くなりになる三日前でございました」

さらに訊かれた明楽飛驒が答えた。

「そのまま続けるというお考えは……」

跡を継ぐだけならば、悩まずにすんだと意次は恨み言を口にした。

「大御所さまは、次の者には新たな考えがあろうと」

「……そうか」

吉宗の名前が出てしまえば、そこまでであった。意次は嘆息した。

「大御所さまのご指示により、今後我ら四名は主殿頭さまの下に付きまする。なんなりとお申し付けくださいませ」

明楽飛驒が、従うと言った。

「それがの。なにも思いつかぬのだ。正直、大御所さまも無茶なご遺命をくだされたと少々お恨み申しあげているわ」

「…………」

意次の嘆きにも、明楽飛驒は黙っていた。

「とはいえ、大御所さまのお言葉じゃ。徒《あだ》や疎《おろそ》かにはできぬ」

「はい」

明楽飛驒が首肯した。

「まずは、おぬしたちがしていたことを検証し、少しでも成果が出ているならば、続けるとしよう」

意次が方針を決めた。

「それについてでございまするが……」

申しわけなさそうに明楽飛驒が続けた。

「かりそめの店を撤退するときに、どうやら証を残してしまったようで」

「なんだとっ」

意次が驚愕した。

「なにを残した。まさか、お庭番の証となるようなものではなかろうな」

「そこまで愚かではございませぬ」

詰問された明楽飛驒が憤った。

「なににせよ、残しただけで、十分愚かだ」

「…………」

正論に明楽飛騨が黙った。

「で、なんだ。残したものとは」

もう一度意次が問うた。

「帳面でございまする」

「……帳面。あの商家がつけるという」

「いかにも」

明楽飛騨がうなずいた。

「そのようなものか……」

意次が安堵した。

「よろしいのでございますか」

明楽飛騨が驚いた。

「そなたたちがいたしていた店は、架空であろう」

「策のためだけに作ったものには違いございませぬ」

確かめた意次に、明楽飛騨が首を縦に振った。

「ならば、帳面が残っていようとも意味はあるまい」

「貸した旗本の名前が書かれておりまするが……」

明楽飛騨が問うた。

「ふむう。それはいささかまずいが、証文ではないのであろう」

「記録のための帳面でございました。証文はさすがに持ち出しておりまする」

確認した意次に、明楽飛騨が話した。

「ならば問題はなかろうが……おぬしたちが残した帳面を手に入れたのは誰だ」

意次が質問した。

「見つけたのは、日雇いの浪人。受け取ったのは浅草の分銅屋仁左衛門と申す両替屋でございまする」

「両替屋か……金を商売にする者。使えるな」

意次が笑った。

三

家というのは、建てるに暇はかかるが、潰すのは早い。

「引けよお、引け」

棟梁の合図で母屋《おもや》の柱に括《くく》られた縄が、引っ張られた。

「おらあ、根性見せてみろ。そんなていどで、職人が務まるか」

引いている弟子たちを、棟梁が怒鳴りつけた。

「くえええええ」

「おうらああ」

職人たちが身体の重みをかけて、縄を引っ張った。

「よし、揺らせえ」

柱の側に立っている弟子に、棟梁が指示をした。

「へい」

弟子が手にしていた槌《つち》を振りあげ、

「よっせいい」

柱を叩いた。

「もういっちょお」

「へい」

また叩く。

繰り返しているうちに、家を支えていた柱が揺れ出した。

「おい」

「ただちに」

棟梁の声に、槌を持っていた弟子が家から出た。

「おめえら、一気に行くぞ。力入れやがれ」

「おう」

縄を強く引くと、柱が傾き、音を立てて家が崩れた。

「……げほっ」

すさまじいほどの埃《ほこり》が舞い、作業を見ていた左馬介は、咳《せ》きこんだ。

「これはたまらん」

あわてて左馬介は分銅屋のなかに逃げこんだ。

「言わぬことではございますまい」

店のなかでも咳きこんでいる左馬介に、分銅屋仁左衛門があきれた。

「いや、結構大工や左官の下仕事をしてきたがな、家の解体に立ち会ったことがなくての」

興味があったと左馬介は言いわけした。

「御髪《おぐし》も真っ白でございますよ」

分銅屋仁左衛門が指摘した。

「風呂で洗う」

左馬介がさほどのことではないと手を振った。

「店のなかに砂が入ります」

女中の喜代が嫌な顔をした。

「うっっ。それはすまぬ」

一人暮らしの長かった左馬介は、その手の気遣いが苦手であった。一人で住んでいれば仕事さえなければ、昼まで寝ていてもいいし、飯も喰いたくなったら喰えばいい。裸で寝転がっていようとも、誰一人苦情を言ってこないのだ。

「そろそろ湯屋にいかれては。もう少しで大工さんたちが、仕事を終えますよ」

職人は仕事帰りに湯屋へ寄る。掻いた汗を流してから、遊びに出かけたり、家へ帰ったりする。夕刻近くなると、湯屋は混んだ。

「そうさせてもらおう」

左馬介は、木札を預かって湯屋へと急いだ。

湯屋をすませて分銅屋へ戻る左馬介を、明楽飛騨を供に連れた田沼意次が見ていた。

「あの浪人じゃな」

「さようでございまする」

指さした意次に、明楽飛騨が首肯した。

「冴《さ》えぬ風貌よな」

意次が口にした。

「浪人は皆、あのようなものでございましょう」

明楽飛騨が淡々と言った。

「忠義を失った者とは、哀れよ。男として生まれた意義がない」

主君を持たない浪人は、武家と違う。意次が指摘した。

「それはたしかに」

明楽飛騨も同意した。

「……入っていったな。あそこが両替屋か」

「さようでござる」

明楽飛騨が首肯した。

「そなたたちの店はどこだ」

足を止めて意次があたりを見回した。

「あそこ、分銅屋の手前でございまする」

「……潰されておる」

すでに職人たちは仕事を終えており、残っているのは廃材の山だけであった。

「かえってよろしかったかと」

「どういう意味じゃ」

ほっとしている明楽飛騨に、意次が問うた。

「店を仕舞う寸前、我らのことに気づいた者が人を寄こし、襲いかかって参りましたので、返り討ちにいたしました。そのとき、尿を流してしまい……」

情けなさそうに明楽飛騨が目を伏せた。

「もちろん、できる限りの隠避《いんぴ》はおこないましてございまする。ちょっと見ただけではわからないはずですが……」

「なるほどの。家がなくなれば、見つかる心配はないな。で死体はどうした」

「重石《おもし》をつけて海に沈めましてございまする」

「よかろう」

意次が納得した。

「よし、参るぞ」

明楽飛騨を促して、意次は分銅屋の暖簾を潜った。

「邪魔をする」

「おいでなさいませ」

入ってきた意次に、番頭が近づいた。

「ここは両替商であるな」

「さようでございまする」

確認した意次に、番頭がうなずいた。

「主はおるか」

「しばしお待ちを」

番頭が奥へと引っこんだ。

身形のよい身分ありげな武家は、名前を明かさないことが多い。両替にせよ、借財にせよ金のことで来ている。世間に知られては困るからであった。

「お待たせをいたしました。わたくしが当家の主、分銅屋仁左衛門でございまする。どうぞ、奥でお話をお伺いいたしまする」

店先での対応を分銅屋仁左衛門は避けた。

「うむ。案内《あない》いたせ」

満足そうに意次がうなずいた。

「どうぞ、こちらへ」

分銅屋仁左衛門は、意次と明楽飛騨を奥の客間へと案内した。

「少し失礼をいたしまする」

一度客間を出た分銅屋仁左衛門が手を叩いた。

「お喜代、お茶を。あと諫山さまを隣の部屋に」

分銅屋仁左衛門が指示をした。

「はい」

喜代が左馬介のもとへと急いで行った。

「あらためまして、ようこそお出で下さいました」

客間の下座で分銅屋仁左衛門が手を突いた。

「ご用件をお聞かせいただきたく」

分銅屋仁左衛門が来訪の目的を問うた。

「これを」

意次が懐から袱紗《ふくさ》を出し、隣で控えている明楽飛騨に渡した。

「…………」

受け取った明楽飛騨が袱紗を、分銅屋仁左衛門の前に置いた。

「見せていただきまする」

袱紗を一度拝してから、包みを開けた。

「大判でございますか。手に取ってみても」

「許す」

訊いた分銅屋仁左衛門に、意次が認めた。

「…………」

大判も小判も両替屋はよく確認しなければならなかった。

昨今、大判、小判の質が落ちていた。金のなくなった幕府が、金の多い昔の大判、小判を回収して熔《と》かし、混ぜものを加えて量をました新貨幣を発行、その差額を懐に入れているからだ。

とはいえ、大判、小判の半分以上が金でできている。それを悪者は利用した。大判や小判の四隅や、縁を小刀で削り、そのかすを集める。そして集めたかすを熔かし、金細工にしたり、売り払ったりする。

「けっこうでございまする」

両替屋は一目で削られているかどうか、あるいは偽金《にせがね》かどうかを見抜かなければならない。あまり長く見ていると、持ちこんだ客を疑っているように取られかねない。

武家は矜持が高い。いや、矜持で生きていると言ってもいい。

「いつまで見ておる。拙者が持ちこんだものに、なにか文句でもあると申すか」

手間を掛けすぎると、すぐに怒り出す。

手慣れた両替商は、ほとんど見た瞬間に大判、小判の四隅の異常を確認し、持っただけで重さが足りないかどうかを感じる。毎日、まともな大判、小判を触り、見て身体に染みつかせていた。

「決めの通り七両と二分でよろしゅうございましょうや」

分銅屋仁左衛門が値段を口にした。

「大判は十両だと聞いた」

意次がおかしいのではないかと言った。

「たしかに大判は十両扱いとなっておりまするが、御上のお触れで七両と決められておりまする」

八代将軍吉宗が定めた相場を分銅屋仁左衛門が告げた。

「それならば二分高いの」

「はい。大判の需要が多ございますので、いささか加えさせていただいております。江戸の両替屋はどことも、この値段でやっておりまする」

分銅屋仁左衛門が話した。

「御上の決めとはいえ、十両のものを七両二分は儲けすぎではないか」

意次が追及した。

「さようでございましょうか。大判は、十両と言われておりまするが……」

すっと分銅屋仁左衛門が大判を意次のほうへ出した。

「お持ちいただけばおわかりになりましょう」

「……持てと」

意次が大判を手にした。

「お殿さまほどのお方が、小判などお使いになられませんでしょうが」

家臣を連れて歩くほどの武家は金を持たない。要りようなものがあれば、家臣に買わせるか、出入りの商人に屋敷まで持ってこさせるからである。

分銅屋仁左衛門は懐から小判を一枚出した。

「こちらを」

「また、持てばいいのだな」

大判を置いて、意次が小判を持った。

「なるほどの。大判はとても小判十枚の重さはない」

意次が悟った。

「ご賢察でございまする」

分銅屋仁左衛門が頭を下げて称賛した。

「委細承知した。七両二分でよい」

意次がうなずいた。

「では、用意を」

ふたたび分銅屋仁左衛門が手を叩いた。

「はい」

待っていたように襖が開き、喜代が茶を持って入ってきた。

「………」

「どうぞ、お湿しくださいませ」

女中が身分ある武家に話しかけるのは無礼である。無言で茶を置いた喜代に代わって、分銅屋仁左衛門が勧めた。

「いただこう」

意次が茶碗を手にした。

「主殿頭さま、お毒味を」

明楽飛驒が制した。

「……明楽」

冷たい声を意次が出した。

「……あっ」

うかつに官名を出したことに明楽飛驒が気づいた。

「…………」

聞こえていない振りを分銅屋仁左衛門はしていた。

「…………」

なかったことにしているのだ。明楽飛驒も詫びを口にできなくなった。

「旦那さま」

襖の外から番頭が呼んだ。

「ごめんを」

一礼して、分銅屋仁左衛門が襖を開けた。

「ご苦労さま」

番頭をねぎらった分銅屋仁左衛門が、姿勢を正して意次に向きなおった。

「おあらためを」

懐紙の上に、小判七枚と二分金一枚を並べ、差し出した。

「明楽」

「はっ」

意次の指示で、明楽飛騨が受け取った。

「たしかに受け取った」

「ありがとうございました」

意次の言葉に、分銅屋仁左衛門が礼を述べた。

「帰るぞ」

意次が立ちあがった。

「どうぞ、今後ともご贔屓《ひいき》に」

分銅屋仁左衛門が店の外まで見送った。

四

歩きながら、意次が口を開いた。

「迂闊《うかつ》であるぞ、明楽」

「申しわけもございませぬ」

言いわけのできない失態であった。明楽飛驒が謝罪をした。

「すんだことだ。これ以上は言わぬ」

「ありがたきお沙汰」

明楽飛驒が意次の配慮に感謝した。

「どう見た」

歩きながら意次が分銅屋仁左衛門について訊いた。

「隣室に一人、控えておりました」

「……ほう」

明楽飛驒の言葉に、意次が目を大きくした。

「用心深いのはよいな」

意次がうなずいた。

「よろしいでしょうか」

質問をしてもいいかと明楽飛驒が問うた。

「許す」

身分差に添った礼儀に意次が認めた。

「主殿頭さまは、分銅屋をどうなさろうとお考えでございましょう」

明楽飛驒が尋ねた。

「使いものになるなと思っておる」

「お使いになられるおつもりで……」

聞いた明楽飛驒が驚いた。

「あやつが、我らの残した証を持っておるのでございますぞ」

敵だと明楽飛驒が告げた。

「それがどうした」

「……我らは、襲いました」

淡々としている意次に、明楽飛驒が述べた。

「誰も死んでいない」

「家に火をつけました」

「潰していたな」

意次は平然と応じた。

「どこをお気に入りに……」

明楽飛驒が意次の顔を見た。

「金を儲けている」

「商人でございますぞ」

当然のことではないかと明楽飛驒が言った。

「儲けの仕組みをあれほど整然と教えたものはおらぬ。我が家出入りの両替商津多屋は、吾の質問をごまかしおった」

口調を強くして意次が語った。

「明楽、そなたたちが帳面を置いてきてしまったのは、武家だからよ。武家だから帳面など重要ではないと考えた」

「…………」

正しいだけに、明楽飛驒は反論できず、黙った。

「大御所さまの御遺命を我らは果たさねばならぬ」

「はい」

すぐに明楽飛驒は同意した。

「しかし、我らは武士だ。自ら田を耕すこともなく、金を稼ぐこともない。金の稼ぎかたもわからぬ。いや、金を稼いだこともない我らが、大御所さまのお考えである米から金への改革ができると思うか。できるはずはない」

「……仰せの通りでございまする」

明楽飛騨が頭を垂れた。

「そもそも和歌山で、下級藩士に近い日々を送っておられた大御所さまなれば、金の怖さをご存じであった。まあ、我らももとは貧乏武家じゃ。金の怖さを知ってはおる」

田沼はもと紀州の足軽であり、お庭番も紀州の微禄藩士であった。どちらも喰いかねる日があるほど苦しい生活をしてきている。

「火傷《やけど》を負った者は火を怖がり、手をださなくなる。二度と痛い思いをしたくないからだ。これが普通である。しかし、大御所さまは火傷の怖れを知っておられながら、米から金へと武家を変わらせようとなされた。大御所さまなればこそ、ここまで来たのだ」

「まさに、まさに」

お庭番は吉宗の引き立てで、旗本になり禄も増えた。お庭番の忠誠は未だ死した吉宗にある。

「我らだけでは、大御所さまの足下にも及ばぬ」

「情けなきことながら……」

二人の表情が固くなった。

「ならば、大御所さまの遺されたお考えを形になすため、要るものを使って当然であろう」

「商人ごときを加えたとわかれば、主殿頭さまへの反発が出ましょう」

明楽飛騨が懸念を表した。

改革というのは、かならず反発を受ける。それが大きな変革をもたらすものほど、周囲の抵抗も激しくなる。

家重が約束してくれたように、意次が老中になったとして、米から金への変革を始めれば、かならず敵対してくる者が出てくる。

利権を失うであろう札差はもちろん、米の穫《と》れる土地こそ至上と考えている武家たちも反対する。そのとき、意次の側に両替商という金で利を生む者がいれば、かならずそこを突いてくる。

「両替屋から、いくらもらわれた」

「金を扱って儲けるような下賤《げせん》な者を、政に加えるなど」

「微禄の出ゆえ、おわかりではなかろうが、武士というものは、金などという汚らわしいもののことは考えず、ただ上様への忠義だけを貫いておられればよろしいのでござる」

幕閣のなかにも意次を引きずり下ろそうとする者は出てくる。

「吾がことなどどうでもよい。田沼が潰れただけで、大御所さまのお考えがなるならば、安いものであろう」

武家にとってなにより大切な家さえも、捨てるに躊躇《ちゅうちょ》はないと意次は宣した。

「畏れ入りましてございまする」

明楽飛驒が強くうたれた。

「主殿頭さま……」

感動していた余韻を明楽飛驒が消した。

「どうした」

「前を向いたままでお願いをいたしまする。我らの後を付けてきている者がおりまする」

明楽飛驒が告げた。

「……分銅屋の者か」

「わかりませぬが、身形は町人でございまする。もっとも、堅気《かたぎ》には見えませぬ」

問われた明楽飛驒が応えた。

「ふむ……身許を探れるか」

「容易なこと」

「捕まえて吐かすのではないぞ。その後に居るであろう者を知りたい」

とかげの尻尾《しっぽ》を切るようなまねをさせてはならないと意次は念を入れた。

「お任せを」

自信ありげな顔で明楽飛騨が受けた。


意次たちを見送った分銅屋仁左衛門が居室に戻った。

「お帰りになったかの」

居室で左馬介が待っていた。

「はい」

分銅屋仁左衛門が腰を下ろした。

「いかがでございました」

隣室から話を聞いていただろうと、分銅屋仁左衛門が左馬介に尋ねた。

「拙者に言われても困るぞ。あんなお偉いお方なんぞ、わからんわ。ただ、主が主殿頭というのだけはわかった」

「はい」

困惑しながら答えた左馬介に、分銅屋仁左衛門がうなずいた。

「主殿頭さまというお名乗りは、いささか珍しゅうございます」

「そうなのか」

浪人にとって、大名や旗本の名乗りなんぞ、一生かかわることはない。左馬介に興味のないことであった。

「越前守さまや、備中守さまとかだと、何人もおられますが」

「同じ名乗りが何人も……ややこしいの。先に誰か居るならば、別の空いている名乗りにすればいいものを」

分銅屋仁左衛門の説明に、左馬介はあきれた。

「いろいろとお偉いかたにはございますので。先祖代々の名乗りだからとか、就いたお役目にとって由来のある名乗りだからとか」

「名乗りなんぞ、生涯かかわりはないゆえどうでもいいが……面倒な」

「そうでもございませんよ。お武家さまの名乗りは、商人の屋号。分銅屋がすでにあるから替えようとか、相手のほうが大店だから遠慮しようとか思いませぬ。屋号は商人の背骨、暖簾は矜持でございまする」

分銅屋仁左衛門がたしなめた。

「いや、すまぬ」

軽かったと左馬介が詫びた。

「いえ。こちらこそ偉そうな口をききました」

浪人とはいえ、相手は武家扱いしなければならない。分銅屋仁左衛門も頭を下げた。

「さて、今、御上で主殿頭さまといえば、お一人。お側御用取次の田沼さま」

「お側御用取次といえば、将軍家のお側にある寵臣であろう。そんなお偉い方が、なぜここに。お旗本でもお歴々ならば、出入りの両替屋ぐらいあるだろう。それが、わざわざ町屋まで来るなぞ……」

「はい。おかしゅうございますな」

話が合わないのではないかと言った左馬介に、分銅屋仁左衛門も同意した。

「なにかあると」

「ございましょう」

「……まさか。あの火事騒ぎに」

左馬介が目を見張った。

「他に考えられませんな」

分銅屋仁左衛門が断言した。

「大判はどこの両替屋でも七両二分。わざわざ浅草まで来る意味はありませぬ」

「…………」

左馬介は息を呑《の》んだ。

「辞めさせてもらっていいか」

幕府の役人がからむもめ事に巻きこまれてはかなわないと左馬介は逃げを打った。

「今さら遅うございますよ。すでに諫山さまもかかわっておられまする」

「いや、吾が走狗《そうく》だとわかっているだろう。そんな小物の相手など……」

分銅屋から離れれば安全だと左馬介は主張した。

「……奉公構《かま》いを出しますよ」

「そ、それは」

分銅屋仁左衛門の言葉に、左馬介が絶句した。

奉公構いとは、勤めていた者が不始末をしでかしたので、首にしましたという、一種の報告書である。店の名前、奉公人の住居、氏名、どのような不始末をしたかを記し、つきあいのあるところに配った。

左馬介の場合は、分銅屋を紹介してくれた棟梁にまず出される。

信用して得意先へ紹介した浪人が不始末をしでかした。これは棟梁の傷になる。他人《ひと》を見る目がないとの落款《らっかん》を押されるのだ。棟梁のもとで修業している職人さえ信用されなくなる。商人が信用しない職人を店に入れることはない。それこそ、得意先のほとんどを失う羽目になりかねなかった。

となれば棟梁もやっていけなくなる。いや、町内に住んでいられない。左馬介にとって棟梁は仕事をくれた、露命を繋いでくれた恩人でもある。とても、看過できることではなかった。

「あまりであろう」

「仕事のお約束もしました。月極でございますよ。今はその期間中。途中で逃げ出したなど、奉公構いされても当然でございましょう」

文句を言った左馬介に、淡々と分銅屋仁左衛門が返した。

「月極で賄《まかな》いつき、そのうえ長屋まで貸し与える。これだけの厚遇を受けておきながら、危ないとなったら逃げる。そんなまねが許されるとでも。商人は金を決して無駄にはしません」

「うっ……」

冷徹な商人としての面を見せた分銅屋仁左衛門に左馬介が詰まった。

「……逃げて飢え死にするか、幕府役人と戦うか」

左馬介は二択に迷った。

「戦うとはかぎりませんよ」

「へっ」

心中で苦吟していた左馬介は、分銅屋仁左衛門の一言に間抜けな声を出した。

「……襲い来たというか、火を付けたのだぞ」

左馬介がわかっているのかと確認した。

「だからでございますよ」

言いながら分銅屋仁左衛門が、目の前の手文庫から、帳面を出した。

「これを消し去りたかった。いや、他にもなにか残していた家をなくしたかった。火事ほど完全に要らぬ事柄を片づけてくれるものはありませんからね」

「…………」

唖然としたまま、左馬介は聞いた。

「そして、隣はもうございません。がれきの山でございまする。それを見て、ほっとなさったはず」

「ま、待て」

話し続ける分銅屋仁左衛門を左馬介は止めた。

「隣の家がなくなったことで安心したというのはわかった。ではなぜ、わざわざ分銅屋の顔を見に来た。会わずに帰れば、主殿頭どのの正体を知られずにすんだであろう」

左馬介が疑問を呈した。

「帳面をわたくしが持っていると知っているから、どのような男か見たかったのではございませんか」

「うっ」

言われて左馬介は詰まった。二日目の夜忍びこんできた女にそのことを話したのは、己であった。

「主殿頭さまは、どのように見たのであろう、おぬしを」

左馬介が訊いた。

「さあ。他人がなにを感じたかなど、わかるはずもございません」

あっさりと分銅屋仁左衛門が首を左右に振った。

「では、どうなるのだ」

未来《さき》の不安を左馬介は口にした。

「向こうさま次第でしょうねえ。やぶ蛇にならぬよう、このまま放置するか。あるいは、危険はなくすべきだと潰しに来られるか、もしくは……」

「もしくは……」

左馬介が唾を呑んだ。

「取りこみにかかるか」

「……我らを取りこむ」

「はい。事情を知っている者を味方にするのは、他人に話をできないようにするに次いで良策でございますからね」

「話をできない……死」

己で確認して、左馬介が震えた。

「さて、動きますかね」

分銅屋仁左衛門が左馬介に気づかせるよう、大きな声で言った。

「動くだと……」

左馬介は意味がわからなかった。

「殺されぬように、身を縮めて無害だと目立たぬようにするべきであろう」

なにをする気だと左馬介は怒った。

「それではかえって、よろしくありませんよ。商いでも、近くに競合する店ができて、こちらの客を奪いに来たとき、おとなしくしていたら終わりなんですよ。攻めてきた者には、こちらが手強《てごわ》いと見せつけて、これ以上やると手ひどい反撃を受けると思わせないと。ああ。もちろん、もっともよいのは、近くに来ようなどと考えられないように、こちらの威力を見せつけておくことなんですが」

商売の肝目《かんもく》を分銅屋仁左衛門が語った。

「どうするのだ」

なにをする気だと左馬介は問うた。

「ここに書かれていることを調べます。きっと主殿頭さまの弱みがございましょう」

「将軍寵臣の弱みに手出しをするなど……」

左馬介はとんでもないと首を横に振った。

「黙って殺される気などありませんよ。わたくしには。やるだけのことをやってからでないと、人生をあきらめるには早すぎますからね」

分銅屋仁左衛門が左馬介に宣した。

意次と明楽飛騨の後を付けていたのは、左馬介にまとわりついていた男であった。

しかし、左馬介に追い払われて以来、毎日分銅屋を見張るだけで、なにもしていなかった。

「ここは、誰の屋敷だ」

意次たちの消えた屋敷の門を、男は見上げた。

旗本も大名も表札をあげていなかった。用がある者は、あらかじめ屋敷の場所を確認しておくか、近隣で問い合わせてから訪れる。

「でかいうえに、立派だ」

男はあたりを見回した。

「あいつがいいか」

三軒隣の屋敷の前で小者《こもの》が掃除をしていた。

「ちいと訊きてえ」

男が小者に話しかけた。

「なんじゃ、おまえは」

いかにも無頼でございと着崩している男に、小者が不審な目を向けた。

「そこのお屋敷は、どなたさまだ」

小者のうさんくさげな眼差《まなざ》しを無視して、男が問うた。

「あそこは主殿頭さまのお屋敷である。そなたのような者が近づいてよいところではないわ」

箒《ほうき》で小者が、男を追い払う振りをした。

「ふん」

礼も言わず、男は小者から離れた。

「主殿頭か。旦那なら、どこの誰かおわかりだろう」

呟いて男が踵《きびす》を返した。

「…………」

その後を田沼家の塀の上から明楽飛騨が見つめていた。

今度は、逆に明楽飛騨の追跡を受けているなど考えもしていない男は、まっすぐに駿河町の札差加賀屋の裏口へと消えた。

「やはりな」

明楽飛騨が呟いた。

「…………」

すっと明楽飛騨が、加賀屋の塀を乗りこえて、なかへ入った。

裏口から店に入った男は、そのまま奥座敷へと進んだ。

「旦那」

「その声は、久吉《ひさきち》か。開けていいよ」

呼びかけた男に、なかから応答があった。

「ごめんくださいやし」

久吉と呼ばれた男がすっと襖を開けた。

「どうしたんだ。浪人ものを落としたのかい」

茶道具の杓《しゃく》を磨きながら、加賀屋が訊いた。

座敷に足を踏み入れず、久吉が手をついた。

「それはまだで」

「なにをしているんだい。浪人はあの貸し方屋の後始末をしたんだろう。なにがあったかは、そいつが一番よく知っているはずだろう」

「へい」

責められて久吉が頭を垂れた。

「浪人なんぞ、金をちらつかせれば、簡単になびくだろうに」

「それが金を出しても断りやがったんで。出入り先のことは売れないと」

久吉が左馬介との遣り取りを思い出した。

「へえ。感心な浪人だ。で、幾らで誘った。十両か、二十両で断ったなら、こちらに欲しいな」

加賀屋が問うた。

「……一両で」

「一両……おまえは馬鹿だね」

聞いた加賀屋が、あきれた。

「己が一両で動くのかい。そうかい。そんなに安かったのか、おまえは。払いすぎていたねえ」

「旦那……」

久吉が焦った。

「まったく、己が心動かされないていどの金額でどうやって、敵側の浪人を寝返らせると言うんだろうね。出入りさせたのはまちがいだったか」

加賀屋が嘆息した。

「だいたい、最初に三人も出しておきながら、成果を上げるどころか行方不明になるとはねえ。これがまだ死骸でも出てくれたら、そこから町奉行所を動かして、貸し方屋に圧力を掛けられたのに、影も形もなくなるなんて……まさか、江戸を売ったんじゃないだろうね」

「そんな連中じゃござんせん。殺しも重ねて、度胸もありやす。加賀屋さんのご依頼なればこそ、あの三人を出したので。他の方ならば、もっと下っ端を」

「下っ端であろうが、手練《てだ》れであろうが、失敗したんじゃ一緒だ」

「申しわけございやせん」

金主の批判は甘んじて受けなければならない。無頼にとって、金をくれる相手はありがたい。久吉が平身低頭した。

「で、いい報告じゃないのに、顔を出したのはなんだい。まさか、役に立ってもいないくせに金の無心じゃあるまいね」

厳しい目つきで、加賀屋が久吉を見た。

「とんでもございやせん。じつは今日、分銅屋に……」

久吉が慌てて、先ほどのことを話した。

「主殿頭さまだって……」

「そう近所の者が申しておりやした」

まちがっていても己のせいではないと、久吉が言いわけした。

「お側御用取次の田沼さまが、分銅屋に。田沼さまには、たしか日本橋の津多屋さんが出入りされていたはずだが……」

加賀屋が思案に入った。

「まさか将軍さまのお側が、かかわりになっているのでは……」

「旦那……」

一人で悩み出した加賀屋に、久吉が不安そうな顔をした。

「……久吉」

「へい」

加賀屋に呼ばれて、久吉が目を向けた。

「これを遣っていい。しっかり分銅屋を見張っておきなさい。人手を十分遣ってね」

手文庫から二十五両の金包みを四つ加賀屋が出した。

「こんなに……」

大金に久吉が目を剝いた。

「それはよろしゅうござんすが……」

なにをしろというのかと久吉が尋ねた。

「分銅屋に出入りする武家をしっかりと見張りなさい。どこの誰かを全部調べなさい」

「へ、へい」

久吉が首肯した。

「人手を集めていいならば、分銅屋を襲うこともできやすが」

「だめだ。分銅屋がなくなれば、そこで繋がりが切れる。まさか、おまえたちに主殿頭さまをどうこうすることなぞできまい」

「旦那がやれと言われるなら……」

久吉が虚勢を張った。

「止めてもらおう。町奉行所なら、わたしがどうにでもできる。与力や同心なら金でどうにでもなる。でも、旗本を相手にしたら目付が出てくる。目付はどうにもできないんだよ。おまえたちが要らないことをして、こちらに及ぶようなまねはごめんだ」

「わかりやした」

ほっと久吉が安堵の吐息をついた。

「わかっているだろうけど、いつかは分銅屋を片づけるからね。今度こそ役立つ男を用意しなさい。次にしくじったら、うちへの出入りは遠慮してもらうことになるからね」

「わかっておりやす」

久吉が強くうなずいた。

「……主殿頭さまにお知らせせねば」

床下で一部始終を聞いていた明楽飛驒が加賀屋を抜け出した。

第五章　継がれたもの

一

　なにもなければ、用心棒ほど気楽な商売はない。夜間の見回りがあるとはいえ、仮眠も取れる。夜通しの見張りを言いわけに昼寝もできる。店に詰めているお陰で、三食用意されるし、ふんどしは自分で洗うにしても、長襦袢《ながじゅばん》くらいなら洗濯してもらえる。

「こんな生活が一年ほど続いてくれぬものか」

　襲撃から十日ほどなにごともなかったことで、左馬介はすっかり油断していた。

「諫山先生……なにもしないで転がっているだけなら、牛でもできますよ」

昼間から大あくびを連発している左馬介に、女中の喜代があきれた。

「なにを言うか、お喜代どの。拙者は夜に備えて鋭気を養っているのでござる」

女中とはいえ、雇い先の奉公人である。左馬介はていねいな口調で応じた。

「まったく……」

喜代がため息を吐《つ》いた。

「ふむ。なにか手伝うことでもあるかの。算盤《そろばん》は使えぬが、力仕事は得意じゃぞ」

いつも食事を運んでくれるのは喜代である。機嫌を損ねて、飯の盛を減らされてはたまらない。左馬介は機嫌を取った。

「いやあ、助かりますえ」

喜代がほほえんだ。

「……なにをすれば」

少し引きながら、左馬介は問うた。

「塩助さんがお使いで出てるから、どうしようかなと困ってました。諫山先生、こっちへ」

喜代が左馬介を裏へと引っ張っていった。

「この蔵から、米俵を一つ、台所まで運んでくださいな」

扉の開いている蔵の前で喜代が言った。

「米俵か」

左馬介は苦く頰をゆがめた。

米一俵はおよそ十四貫（約五十二キログラム）ほどある。人足仕事で米問屋の俵運びをしたこともある左馬介は、その重さを身に染みて知っていた。

「お願いしましたよ」

そう言い残して、さっさと喜代は台所へ戻っていった。

「運ばぬというわけにはいかんな」

用心棒の仕事ではないと拒んでも、分銅屋仁左衛門から叱られることはない。が、まちがいなく喜代を敵に回す。

「兵糧攻めはかなわぬ」

飯を減らされてはたまらない。左馬介はもろ肌脱ぎになり、米俵を抱えこんだ。

「ようしゃあ」

気合いを入れて米俵を持ちあげようとしたが、久しぶりの荷運びに身体が拍子を忘れていた。

「お、重い……」

左馬介は一度米俵から手を離した。

「鈍ってるなあ」

大きく腰を反らしながら左馬介は口にした。

「それにしても、蔵だらけだな」

左馬介は辺りを見回した。

「米蔵、味噌醬油蔵、荒物《あらもの》蔵を除いた残りすべてが金蔵か。一体分銅屋の身代はどれほどあるのやら」

左馬介は感心した。

「それほどじゃありませんよ」

「分銅屋どの」

背中から声をかけられた左馬介が振り向いた。

「大きな声がしましたのでね。なにごとかと」

先ほどの左馬介の気合いを分銅屋仁左衛門が聞いていた。

「いや、申しわけない」

左馬介は頭を搔いた。

「いえいえ。どうせ、お喜代あたりが無理を申したのでしょう。そのままにしておいて下さって結構ですよ。あとで塩助にさせますから」

分銅屋仁左衛門が笑った。

「そういうわけにもいかぬでな。引き受けてしまったうえからは、せねばならぬ」

左馬介は手を振った。

「あいかわらず、律儀なことで」

庭下駄《にわげた》を突っかけて、分銅屋仁左衛門が近づいてきた。

「どれ、一度……」

「止めておかれよ。腰が痛むぞ」

米俵にかけられている荒縄を握った分銅屋仁左衛門を左馬介は制した。

「さようでございますか」

「ああ。米俵は十四貫ほどあるでな。千両箱より重かろう」

左馬介が告げた。

「十四貫……それは持てませんな。千両箱が一つで、おおよそ二貫（約七・五キログラム）ちょっとなので。七個分ですか」

分銅屋仁左衛門が手を引っ込めた。

「千両箱が二貫ちょいか。思ったよりも軽いな」

左馬介は感心していた。

「うちの金だけじゃございませんから」

分銅屋仁左衛門が呟くように言った。

「なにがだ」

不意のことに左馬介は首をかしげた。

「金蔵のなかにある金は、わたくしのものではないということで」

「なにを言われるか」

聞いた左馬介は、おもわず否定してしまった。

「あの金はすべて店のもの。わたくし個人の財は、ここではございません」

分銅屋仁左衛門が告げた。

「両替屋は金を売る。となれば、商品を十分準備しておくのが商人の心得でございましょう」

「なるほど。財産ではなく商品というわけか」

左馬介は感心した。

「わたくしの財なんぞ、いくらあっても場所ふさぎなだけでございますよ。金は置いているだけでは増えませんからね」

分銅屋仁左衛門が笑った。

「金貸しの台詞だな」

「両替商だけでは喰ってはいけても、儲かりませんよ」

「そんなものか」

「はい。そうそう両替に来るお客はいませんからねえ」

分銅屋仁左衛門が述べた。

両替は大判を小判にするだけではない。小判を分金に、さらに銭に替える。その逆もそうだ。とはいえ、小判自体ほとんど流通していない。商家が決済に遣うていどで、庶民はまず小判に縁はない。また、買いものがほとんど町内で節季払いなのだ。小銭さえあれば、日常生活はできる。

庶民と両替屋はほとんど接点を持っていなかった。

「両替だけじゃ、やっていけません」

分銅屋仁左衛門がはっきりと言った。

「そういうものなのか」

「はい。だからこそ金を貸すわけでございましてね」

理解できていない左馬介に、分銅屋仁左衛門が続けた。

「金貸しがまあ、本業でございますね」

「その割に取り立てとか、あまり見ぬな」

左馬介が首をかしげた。

「取り立てをするようでは、一流の金貸しじゃございません」

分銅屋仁左衛門が首を横に振った。

「お金を貸すことで利子を受け取る。それが金貸し、貸し方屋の仕事」

「ああ」

左馬介が同意した。

「金貸しは客を選ぶところから始まります。夜逃げするような者に貸さないのはもちろん、さっさと返済をすませるようなお方にも貸してはいけません」

「なぜだ。金を返してもらわねば困るだろう」

分銅屋仁左衛門の言葉に、左馬介は困惑した。

「完済されては、利子を受け取れなくなりましょう」

「…………」

予想外の答えに、左馬介は絶句した。

「元金を返せず、夜逃げするような客は下《げ》の下。そして要りようなときだけ借りて、すぐに返す客は下でございます。金貸しにとって上客とは、元金を返すことなくずっと利息を払い続けてくれるお方」

「……むうう」

すさまじい内容に、左馬介は唸った。

「もちろん、それだけの裏付けのあるお方でないと貸しません。当然、小口貸しはいたしておりません」

「小口とは……」

おそるおそる左馬介は訊いた。

「五百両以下のご融通は遠慮いただいておりまする」

「……五百両」

左馬介は目を剝いた。

五百両あれば、左馬介なら孫子の代まで喰える。どころか、微禄の御家人ではない目見《めみ》え以上の旗本の株を買うこともできる。

「諫山さま。金は動かさないと。止めてしまえば、死に金になりますからね」

分銅屋仁左衛門が諭すように言った。

「では、隣に造っている蔵はまた金を……」

「それが理想なのでございますが、さすがにそうはいきませず……形《かた》に取っている茶道具や書画、骨董《こっとう》などを入れておこうかと」

「茶碗や掛け軸がそんなに」

「ございますねえ。溢れるほどで」

分銅屋仁左衛門が嘆息した。

「商家からお預かりすることは余りありませんがね。借りれば利息が付くんです。だったら、持っている道具を売って金にすれば、利息なしで用意できましょう。まあ、なかには売ってしまえば二度と手に入らないから、今しのぐだけ借りて余裕ができるなり返済しようとお考えのお方もいらっしゃいますがね」

「いわゆる儲からない客だな」

「そうでございますよ。どころか損しかしません。そんな貴重な品を預かるんですよ。傷つけたり汚したりしたら、大事でございます。それこそ借金棒引きのうえ、損害分まで取られかねません。本当は嫌なんですが、まさか金だけ貸して、なにも保証を取っていないというわけにもいかず」

面倒だと分銅屋仁左衛門が口の端をゆがめた。

「しかし、蔵を増築するほど増えているのだろう」

「ほとんどはお武家さまのものでございますよ」

分銅屋仁左衛門が言った。

「禄米は札差に押さえられている。新たな借金をしなければならないときに、家重代のお宝を形にされる」

「なるほどの」

左馬介は理解した。

「鎧《よろい》や兜《かぶと》なんぞ、預かっても困りますがね。売るに売れませんし」

「戦がなければ、武具なんぞ無用の長物だわな」

困惑する分銅屋仁左衛門に左馬介は同情した。

「ですが、預かっておきませんと、利子がもらえません。最近のお武家さまは、商人よりも性質が悪くなって、半年に一度くらい、品物の確認に来られるんですよ。そこで、虫干しがたりないだとか、ねずみに囓《かじ》られたとか難癖を付けて、利子を払わないでおこうとなさる」

「世知辛いの。禄がある武士は、もう少し高潔かと思っていたわ」

生まれたときからの浪人である左馬介には、武士に対するあこがれがあった。

「武士は喰わねど高楊枝《たかようじ》でございますか。そんなもの百年前に途絶えましたよ」

冷たく分銅屋仁左衛門が突き放した。

「やれ、では、働かざる者食うべからずとならぬよう、米俵を運ぶとしよう」

左馬介はもう一度米俵へと向き直った。

重そうに米俵を運んでいく左馬介を見送った分銅屋仁左衛門も母屋へ帰るべく、踵《きびす》を返した。

「そういえば、あの帳面に名前のあったお旗本がいましたねえ」

分銅屋仁左衛門が居室に戻り、手文庫のなかから帳面を取り出した。

「……もっとも金を借りているのが、近藤峯之臣《みねのしん》というお方。その次が千種忠常《ちぐさただつね》さま」

帳面をざっと繰った分銅屋仁左衛門が呟いた。

「どちらもどこかでお名前を聞いたような気がする」

分銅屋仁左衛門が思案した。

「思い出さないということは、うちの顧客じゃない。これは調べるしかなさそうだ」

独りごちた分銅屋仁左衛門が手を叩いた。

「お呼びで」

すぐに番頭が顔を出した。

「布屋の親分を」

「へい」

番頭が下がった。

「…………」

その後、帳面を精査していた分銅屋仁左衛門のもとに、布屋の親分が到着した。

「御用でござんすか」

「悪いね。親分さん。忙しい最中に」

廊下で膝を突いた布屋の親分に、分銅屋仁左衛門が詫びた。

「とんでもねえこって。町内一の分限《ぶげん》、分銅屋さんの御用とあれば、いつなんどきでも飛んできますぜ」

布屋の親分が分銅屋仁左衛門を持ちあげた。布屋の親分は、御用聞きである。浅草門前町に何人かいる御用聞きの一人で、南町奉行所同心から十手を預かっていた。

「とりあえず、これを」

すっと分銅屋仁左衛門が、小判を二枚差し出した。

「こんなに……」

布屋の親分が息を呑んだ。

「なにをすれば……」

小判に手を伸ばさず、布屋の親分が問うた。

御用聞きはどことも商家とつきあっていた。なにせ、十手を預けてくれている同心からもらえる手当は、せいぜい月に二分、一両の半分でしかない。下手をすると手当なしということもある。とてもそれで配下の岡っ引きたちに小遣いをやり、己の生活を維持していくことなどできなかった。

そこで多くの御用聞きは、別に商売をしていることが多い。だけでなくその他にも収入の手段を持っていた。

出入りである。出入りとは、御用聞きが特定の商家から金をもらうことで、その代わりになにかと融通を利かせた。

今のように、用事を頼まれることもあれば、商家のもめ事に介入したり、奉公人の不始末をもみ消したりもする。

商家としても金を払うことで、御上との間を円滑に処理でき、なにかあったときの力になってくれる出入りの御用聞きは便利な相手であった。

「ちょっと調べて欲しい相手がいてね」

分銅屋仁左衛門が近藤と千種の名前を出した。

「お旗本だと思う。夜逃げした隣の貸し方屋を出入りにされておられたようなんだが、どこのどなたかを知りたい」

「お旗本でござんすか。あいにく町方はお旗本には手出しできやせん」

布屋の親分が困った顔をした。

「なにを言っているんだい。どうにかしてくれとは頼んでないよ。どこのどなたかを探してくれとお願いしているんだ」

「それだけでよろしいんで」

布屋の親分が怪訝な顔をした。

「ああ。それ以上のことはないよ。もし、それ以上なにかを頼みたくなったら、またあらためて話を持ちかけるから」

旗本と聞いただけで、二の足を踏みかけた布屋の親分を分銅屋仁左衛門が宥《なだ》めた。

「なら、簡単なこと。では遠慮なく」

布屋の親分が、小判を懐に入れて出ていった。

「思ったより肚《はら》が据わってなかったな」

分銅屋仁左衛門が布屋の親分に失望した。

「調べる先があるなら、諫山さまにお願いしたほうがよさそうだ。あのお方は、支払った分だけはしっかり仕事をしてくださるから」

分銅屋仁左衛門が開いていた帳面を、手文庫へ仕舞った。

二

調べはわずか一日でついた。

「近藤さまは、麹町《こうじまち》二丁目にお屋敷のある四百五十石のお旗本。千種さまは元鷹匠《たかじょう》町《まち》で五百石のお旗本でござんす」

「ご苦労さまだったね」

報告に来た布屋の親分を分銅屋仁左衛門がねぎらった。

「お二人はお役付かい」

「へい。お二人ともお勘定吟味役をお務めで」

布屋の親分が告げた。

「お勘定吟味役かい。どうりで覚えのあるお名前だと思ったよ」

分銅屋仁左衛門が手を打った。

勘定吟味役は、天和《てんな》二年（一六八二）、五代将軍綱吉のときに設置された。五百石高で役料三百俵、中の間詰めで、老中支配を受けた。

幕府勘定方のすべてを監察する権を持ち、勘定奉行でも告発できた。定員は四名から六名で、勘定吟味役の印判がない限り、将軍家お手元金や大奥の掛かり金でさえ、金奉行は支払いを拒んだ。

勘定吟味役の役目には、貨幣改鋳の監査もあり、金座《きんざ》、銀座《ぎん》、銭座《ぜに》への出入りも自在であった。

「小判、大判のおあらためでお目にかかっていたかも知れないねえ」

分銅屋仁左衛門が述べた。

大判や小判には、偽物を防ぐため金座の主後藤家の墨書きが入れられていた。しかし、金の上に墨で書いただけのため、なにかにこすれたり、長く流通していると薄くなったり、消えてしまったりする。こうなれば、正貨として通用しなくなる。

とくに贈答品として使われることの多い大判で墨書きが不十分なものは、売りものにならない。田沼意次のときは、墨書きもはっきりしていたのでなにも言わず正価で引き取ったが、家の蔵から出てきたなどで持ちこまれた古い大判などで墨の薄いものなどは、定価では引き取らない。後藤家に持ちこんで、ふたたび墨書きをしてもらうだけの費用を差し引くのが決まりであった。

その墨書きをする場に、勘定吟味役は同席することが多かった。これは偽金に後藤家が墨書きを入れることで、本物として通用させることがないようにと見張っていたのだ。

偽金は、どうしても出てくる。それを防ぐのも勘定吟味役の仕事であった。

「ご苦労さまでした。これは些少《さしょう》だけど、酒手《さかて》だよ」

小判をもう一枚、分銅屋仁左衛門が出した。

「ありがとうございやす。また、なにかありやしたら、いつでも」

喜んで布屋の親分が帰っていった。

「……お勘定吟味役が、町の怪しい貸し方屋から借金をしている」

布屋の親分が帰った後、分銅屋仁左衛門が一人考えこんだ。

「誰か、諫山さまを呼んでおくれな」

分銅屋仁左衛門が手を叩いて奉公人を呼んだ。

左馬介は分銅屋仁左衛門の呼び出しに、小半刻ほど遅れた。

「すまぬ。風呂へ行っていた」

「いえいえ。お風呂はこちらが認めたことでございますから」

詫びなくていいと分銅屋仁左衛門が手を振った。

「で、なにかの」

左馬介が訊いた。

「明日、少しおつきあいをいただきたいので」

「つきあえと言われるか。どこかへお出かけになる供をすればよいのだな」

「はい」

すぐに外出と悟った左馬介に、分銅屋仁左衛門が満足げな顔をした。

「どこだ」

「麴町と元鷹匠町で」

「武家屋敷しかないぞ、あの辺りは」

左馬介が怪訝な顔をした。

「そのお武家さまに用があるんですよ」

分銅屋仁左衛門が言った。


日が落ちれば、商家は店をしまい、静かに眠る。無駄な灯りをつけ、油を消費するのを避けるためである。

ただ、廊下やごく一部の部屋には、有明行燈が用意された。

「………」

しばらく平穏だったことで、左馬介は仮眠ではなく、熟睡していた。

左馬介は分銅屋仁左衛門が商いをおこなう座敷の隣で寝ていた。右奥に座敷、左側が廊下という造りで、廊下の突きあたりが台所であった。

「……冷えるな」

左馬介は尿意で目覚めた。

「襖が開いている」

いつの間にか廊下に繋がる襖が半分開いていた。そこから夜の冷気が忍びこんでいた。

「閉めたはず……」

首をかしげた左馬介は、あわてて反対側を見た。

「くそっ」

座敷への襖も開いていた。

寝にくいので両刀は外している。左馬介は腰に差していた鉄扇を持って、座敷へと進んだ。

不寝番《ねずのばん》をしている左馬介の部屋には、有明行燈がある。そのかすかな灯りが、黒ずくめの影を浮かび上がらせた。

「また来たか」

左馬介は、鉄扇を黒ずくめに擬した。

「……………」

背中を向けて座敷を探っていた黒ずくめが、ゆっくりと腰を伸ばした。

「……小さい。先日の輩と違うな。しかし、身形《みなり》は同じ。仲間か」

左馬介は見て取った。

「帳面は無事か」

覆面ごしにくぐもった声で黒ずくめが訊いた。

「無事か……」

左馬介は驚いた。帳面はどこにあると訊くならわかる。それが無事かどうかを尋ねたのだ。

「……無事だ」

試しに左馬介は答えてみた。

「ならばよい」

黒ずくめがうなずいた。

「何者だ」

予想外の遣り取りに、左馬介は混乱した。

「寝穢《いぎたな》い用心棒では話にならぬぞ」

小さく黒ずくめが笑った。

「うっ……」

眠りこけていたのは確かである。左馬介は詰まった。

「敵でなかったので殺さなかった」

「…………」

黒ずくめの言葉に、左馬介は脂汗をかいた。黒ずくめは廊下から侵入し、左馬介のいた部屋を横断している。黒ずくめがその気になれば、左馬介の命はなかった。

「気をつけることだ」

小柄な黒ずくめが左馬介の前を通り、開いていた襖から廊下へと消えていった。

「……この匂いは」

黒ずくめが通り過ぎた後、かすかな香りが左馬介の記憶に触れた。

「あのときの女」

左馬介は思い出した。

「一体、何者なのだ」

同じ黒ずくめの男からは殺されかかったというのに、女には二度も見逃された。左馬介はわけがわからなかった。


さすがに今度は隠しておけなかった。

翌朝、左馬介は分銅屋仁左衛門に、黒ずくめが来たことを報告した。

「ほう。なにも盗《と》らず、襲わずに、帳面が無事かどうかだけを確認して帰ったと。なにをしたいのかわかりませんな」

分銅屋仁左衛門も首をかしげた。

「一応探してはいたようだぞ」

見たときの様子から、左馬介はそう感じていた。

「まあ、探しても見つかりませんな。あまりにいろいろあり過ぎましたので、あの帳面は、内蔵《うちぐら》に隠しましたので」

分銅屋仁左衛門が言った。

内蔵とは、屋敷のなかの奥、主の居室などの押し入れや天袋に隠された小さな蔵のようなものである。さほど大きくはないが、しっかりとした鍵が掛けられており、大事なものを仕舞えるようになっていた。周囲を漆喰《しっくい》で堅め、空気穴さえもないため、母屋が火事になって焼け落ちても、まず中身が損傷する怖れはない。

「それは知らなんだ」

「当たり前ですな。店の者にも内蔵のことは教えておりませんから」

分銅屋仁左衛門が淡々と告げた。

「しかし、妙な。あの帳面がそこまで重要なのかの」

左馬介は首をかしげた。

「…………」

分銅屋仁左衛門が黙った。

「主どのにはおわかりのようだ」

口を噤《つぐ》んだ分銅屋仁左衛門の状況から、左馬介は読んだ。

「まあ、金を扱う商売をしていれば、わかりますよ。諫山さまはお武家さまですからね。お気づきになられなくともしかたありませんよ」

分銅屋仁左衛門が手を振った。

「なら聞かずにおろう」

昨夜のできごとが、左馬介を臆病にしていた。

「いつまでも逃げていられますかねえ。どう見ても、昨夜の曲者《くせもの》は諌山さまを狙っておりましょう」

「なにもなかったぞ。刃物を向けられることさえなかった。狙われてなどおらぬ」

左馬介は抗弁した。

「そうでしょうかね。まあ、わたくしはその曲者ではございませんので、正確なところはわかりませんが、いささかしつこいような気がいたしますよ」

分銅屋仁左衛門が警告した。

「注意のしようがないぞ」

相手はいつの間にか忍び寄って来る。寝ずにいても三日ほどしか保たない。人はいつか寝なければならないのだ。

「たまらぬわ」

「すべてを捨てて逃げますか」

弱気を出した左馬介を、冷たい目で分銅屋仁左衛門が見た。

「……………」

左馬介は黙るしかなかった。

「金は命をかけなければ儲かりませんよ。商人は誰もが、命を張って稼いでいるんです」

「商いで殺されかかることなどなかろう」

肚をくれと言った分銅屋仁左衛門に、左馬介は反論した。

「たしかに直接命を狙われることは少ないですがね」

「少ない……あるのか」

左馬介は驚愕した。

「ございますよ。金があると見て盗人がやってくることもございます。朝起きてみれば、雨戸にひっかき傷があったというのは何度もございました」

「破れなかっただけ……」

左馬介は絶句した。

「ちゃんと雨戸には外れないよう、しっかりとした閂《かんぬき》を差してございますからね。それに盗人なんぞ、まだかわいげがありますよ。金貸しなんぞやってますとね。借りておきながら返せないとなった連中が、無体を仕掛けて参りますし。一度は手代が背中を刺されるといった被害にあったこともございました。まあ、そのていどのお人ですからね。手代の傷もたいしたものではございませんでしたが」

「げえっ」

淡々と言う分銅屋仁左衛門に、左馬介は絶句した。

「ご浪人というのは、ご気楽なものでございますよ」

「……待ってくれ。拙者の覚悟が足りなかったとは認めるが、浪人が楽だというのは違うぞ。明日の米がない怖さをおぬしは知るまい」

左馬介は分銅屋仁左衛門に言葉を返した。

「なにを言われますやら。明日の米がなくとも、飢え死にするのはお一人でございましょう。わたくしは店の奉公人すべての命を預かっておりますよ」

責任の重さが違うと分銅屋仁左衛門が応じた。

「……それを言われると」

左馬介は抵抗をあきらめた。

「腹がたちませんか」

分銅屋仁左衛門が、不意に問うた。

「いや、おぬしの言うとおり……」

「わたくしにではありませんよ」

否定しようとした左馬介を、分銅屋仁左衛門が制した。

「あの帳面を気にしている連中にです」

「帳面を気にしている連中……最初の無頼、なぞの黒ずくめ」

「はい。まったく事情にかかわっていないわたくしどもをなんの遠慮もなく巻きこんでくれた。腹がたちませんか」

「それはたしかに」

とくに左馬介は命を狙われたうえ、放火に巻きこまれそうになっている。恐怖を排除して考えれば理不尽さに怒りが溢れてきた。

「やりかえしてやりたくないですか」

「それは……そう思うが、拙者は剣など使えぬぞ。その日暮らしが精一杯で、剣術の稽古などまともにしておらぬ」

立ち向かうだけの力がないと左馬介は肩を落とした。

「まさか竹光《たけみつ》でございますか」

分銅屋仁左衛門が、左馬介の太刀に目をやった。

「本物だ。もうちょっとで売り払うところだったがな」

左馬介が太刀を叩いた。

「では、剣術を習っていただきましょう」

「な、なにを言われる。この歳で剣術の稽古をしろと」

「はい。せっかく長いものをお持ちなのですから、使わないのはもったいないでしょう。ああ、道場の束脩《そくしゅう》はわたくしが出しましょう。店の二筋向こうに剣術道場があります。そこへ通ってください」

「これも日当のうちか」

「はい」

仕事の範疇かと問うた左馬介に、分銅屋仁左衛門がにこやかにうなずいた。

「……わかった」

「結構でございます。準備はいつから始めても遅すぎるということはありません。やられた分は、しっかり利息を付けてお返ししなければいけませんからね」

金貸しの理論を分銅屋仁左衛門が出した。

「………」

益々深みにはまっていく流れに、左馬介は呆然とした。

「しっかりしてくださいよ。さあ、出かけましょう」

分銅屋仁左衛門が左馬介を急《せ》かした。

三

出かけようとしていた分銅屋仁左衛門と左馬介は、不意の来客に足止めを喰らった。

「またもや邪魔をする」

「これは先日のお武家さま」

やって来たのが田沼主殿頭《とのものかみ》だと知っているが、向こうが名乗っていない限り、知らない顔をするのが礼儀である。分銅屋仁左衛門は、意次の名前を口にしなかった。

「よき心がけである」

満足げに意次がうなずいた。

「店先ではあまりにご無礼でございますれば、どうぞ、奥へ」

「出かけるところか」

商人が出かけるかどうかは足下を見ればわかる。ちょっと得意客を店先まで見送るときと、出かけていくときは履きものが違った。

「いえ。急ぐ用件ではございませぬので」

分銅屋仁左衛門が大丈夫だと応じた。

「では、分銅屋どの、拙者はいつものところに控えておる」

隣室で聞き耳を立てておくと左馬介は言った。

「いや、そなたも同席いたせ。襖ごしでは十分聞こえまい」

「……あっ」

「………」

小さく笑った意次に、左馬介と分銅屋仁左衛門が息を呑んだ。

「案内いたせ」

止まった二人を、意次が促した。

「ようこそお出でくださいました」

奥の客間で、分銅屋仁左衛門が下座で頭を下げた。左馬介も倣う。

「いつも前触れなしで悪いの。次からはちゃんと使者を出すゆえな」

まず意次が詫びた。

「とんでもございません」

お側御用取次に頭をさげさせるわけにはいかない。分銅屋仁左衛門があわてた。

「名乗らずとも知っておろうが、お側御用取次を拝命している田沼主殿頭である。こやつは従者の飛騨」

意次が名乗り、脇に控えている明楽飛騨を家士だと紹介した。

「飛騨でござる」

明楽飛騨も名字を告げなかった。

「畏れ入りまする。分銅屋仁左衛門でございまする」

分銅屋仁左衛門が平伏した。

「諫山さま」

自分で名乗ってくれと、分銅屋仁左衛門が合図をした。たしかに紹介しにくかった。用心棒として雇用しているとはいえ、相手は侍の姿をしている。身分からいくとややこしいことになる。分銅屋仁左衛門が左馬介に投げたのも無理はなかった。

「こちらに世話になっておる。浪人の諫山左馬介と申しまする」

左馬介は両手を膝において、腰を折った。

「うむ」

意次がうなずいた。

「さて、今日は、両替ではないのだ。悪いがの」

「両替以外で、わたくしに御用でしょうか」

分銅屋仁左衛門が首をかしげた。

「少し教えてもらいたいことがある。金と米のことなのだがの」

「金と米でございますか……」

「うむ。まず、小判と分金は変化せぬ、一両は四分であり、一分は四朱と決まっておる。しかし、銭は相場が変わるの」

「はい。おおむね一両六千文を前後いたしまする。今は、一両が六千四百文でございまする」

尋ねられた分銅屋仁左衛門が答えた。

「高いのか」

「さようでございますな。いささか銭が安くなっておるかと思いまする」

確かめられて分銅屋仁左衛門が告げた。

「ふむ。分銅屋。そなたは不思議ではないのか。なぜ、一両が銭六千文で固定されておらぬのだ」

意次が疑問を口にした。

「固定してしまえば、勘定は楽になりましょうが、いろいろと不都合が出て参ります」

「不都合……どんな」

意次が真剣な目をした。

「米の値段が変動するからでございまする」

「……米が出てきたか」

「なにか……」

呟いた意次に分銅屋仁左衛門が反応した。

「いや、続けてくれ」

意次が手を振った。

「失礼いたしました。不都合は米の値段が上下するからでございまする」

軽く頭を下げて、分銅屋仁左衛門が続けた。

「お武家さまはご存じないかと思いまする。小判一両の価値は、米一石を買えるというのが基準となっておりますので。事情により、かならずとは言えませぬが」

「……………」

「米の値段が一両の値打ちになる。そう考えてよいのか」

分銅屋仁左衛門の説明に呆然とする明楽飛驒を横目に、意次が確認をした。

「はい」

「待て。そうだとすれば……金は銭が固定されていて、小判が米の価値によって上下することになるぞ」

「ご賢察でございまする」

分銅屋仁左衛門が意次の見識を称賛した。

「むう」

意次がうなった。

「両ではなく貫で勘定せねばならぬのか」

意次が独りごちた。

「貫とはまた珍しいものを」

分銅屋仁左衛門が思わず口にした。

一貫文とは銭千枚のことである。多くは、四文銭の穴に紙縒《こよ》りを通して九百九十六枚をひとくくりにし、これを一貫として通用させた。四文はまとめる手数料である。

「一両は四貫文と御上の決まりにあるが、それは……」

意次が分銅屋仁左衛門へ顔を向けた。

「通りませぬ」

幕府の決まりを、あっさりと分銅屋仁左衛門は否定した。

「しかし、我らは四貫文一両で支払いをしておるぞ」

初めて明楽飛騨が口を挟んだ。

「……どうなっている」

一瞬口出しした明楽飛騨を睨んだ意次だったが、そのまま質問を許した。

「一貫につき二千文からの損を、商人がするとお思いで」

分銅屋仁左衛門が否定した。

「……なるほどの」

意次が理解した。

「端《はな》から一倍半の値段を付けてきている」

「でございましょうなあ。まあ、なかには累代のお出入り先で、恩があると損を承知で引き受けているところもございましょうが……そんなところは潰れまする。さすがに損が大きすぎまする」

意次の言葉に首肯しながら、分銅屋仁左衛門が述べた。

「商人の儲けとはどのくらいじゃ」

別の質問を意次が投げかけた。

「ものによって違いますゆえ……数の出るもので三割、滅多に出ない高額なものは、五割から八割」

「八割……いささか暴利じゃの」

意次があきれた。

「一年に一つしか売れないものなどは、いたしかたございませぬ。その儲けで生きていかなければならないのでございますから」

「なるほどの」

満足そうに、意次が首肯した。

「さて、分銅屋」

「なんでございましょう」

じっと見つめる意次に、分銅屋仁左衛門も姿勢を正した。

「気に入った。余の手伝いをせぬか」

「主殿頭さま」

言った意次に、明楽飛驒が驚愕の声をあげた。

「黙っておれ」

「ですが、金貸しのような汚い商いをいたす者をご信用なさるのは」

明楽飛驒が意次を諫《いさ》めた。

「我らだけでできると。そなたたちは何年やってもできなかったではないか」

意次が叱った。

「それは……」

痛いところを突かれた明楽飛騨が詰まった。

「何年やってもできなかった……」

分銅屋仁左衛門が引っかかった。

「どう考えても縁のないわたくしどものお店に、わざわざお側御用取次さまがお見えになり、ふたたび来られて、手伝えと仰せになる……」

「………」

思案する分銅屋仁左衛門を無言で意次が見守った。

「諫山さま」

「……なんだ」

いきなり声をかけられた左馬介が戸惑った。

「あのお供の方をよく見ていただけますか。顔ではなく、身体付きというか、雰囲気を」

「……顔ではなく……」

言われた左馬介は、明楽飛騨を見つめた。

「無礼者」

明楽飛騨が怒鳴った。

「浪人風情が、旗本に対し、そのような……」

「飛騨、静かにせい」

邪魔しようと威圧をかけている明楽飛騨を、意次が押さえた。

「………」

明楽飛騨が大人しくなった。

「どこかで見たような……あっ」

目を眇《すが》めた左馬介は、驚きの声をあげた。

「黒ずくめに」

「そこまでで結構でございまする」

今度は分銅屋仁左衛門が左馬介を制した。

「主殿頭さま、ご事情をお聞かせ願えましょうね」

分銅屋仁左衛門が表情を厳しいものに変えた。

「火付けは大罪でございますよ」

「そうだな。余がかかわる前であったが、責任はこちらにある。すまなかった」

意次が頭をさげた。

「……ほう」

「そんな……」

将軍側近が、商人に謝罪をした。ありえていい話ではなかった。分銅屋仁左衛門も左馬助も、目を剝いた。

「お認めになられましたが、よろしゅうございますので。いかにお側御用取次さまとはいえ、罪は免れませぬが」

分銅屋仁左衛門が訊いた。

「あいにく、余は罰せられぬ」

「なにを……将軍家のお側におられる方はなにをしてもよいとでもおおせられますか」

首を振った意次に、分銅屋仁左衛門が反論した。

「上様のお側にあることと、余が免罪されることは違うのだが、たとえなにがあっても、余は咎《とが》を受けぬし、それどころか出世を重ねていく」

「そこまで優遇されるなど……」

「優遇……違うぞ。これは余がある命を果たし続けるという前提があってじゃ。何者もなしえなかった難題を遂行するに、必須であるからだ」

驚く分銅屋仁左衛門に、意次が告げた。

「何者もなしえなかった難題……」

「それを余は果たさなければならぬ。命に代えてもな。一種の呪いじゃわ」

なんともいえない顔を意次がした。

「ああ」

左馬介は思わず声を漏らした。

「なんじゃ」

「どうなさいました」

「きさま、無礼ぞ」

意次、分銅屋仁左衛門、明楽飛驒が反応した。

「あきらめた者の目……」

左馬介は、意次の瞳に浮かぶ諦観を見た。仕官の夢を失った浪人の多くが同じ目をしていた。

「ふふふふふ」

意次が笑い出した。

「そうか。そうかも知れぬな。余はもうあきらめたのだろうよ。普通の旗本としての生きかたをな」

「主殿頭さま……」

明楽飛騨が心配そうな表情を見せた。

「いや、久々に笑ったわ。諫山であったか。そなたもなかなかおもしろいの。お側御用取次に浪人が言えるものではなかろうに」

「あっ……」

指摘された左馬介は顔色を変えた。

浪人は両刀を差すのが黙認されているだけで、身分は庶民でしかない。庶民が旗本の顕官を非難したとなれば、ただではすまなかった。

「よい、よい。そのていどを咎めるほど、余は狭量ではない」

意次が気にするなと言った。

「一つお伺いをいたしてよろしゅうございますか」

分銅屋仁左衛門が意次に許可を求めた。

「おう、よいぞ」

くだけた口調で、意次が認めた。

「なにをなさるおつもりでございますか」

直截《ちよくさい》に分銅屋仁左衛門が問うた。

「…………」

意次が一度目を閉じた。

「分銅屋、聞けば逃げられぬぞ」

「逃がすおつもりなどございますまいに」

脅すような意次に、遠慮無く分銅屋仁左衛門が言い返した。

「ふふふ、あはっはは」

また意次が笑った。腹を抱えて笑った。

四

「のう、飛驒。城内よりも、城下に賢い者が多いと思わぬか」

「……はあ」

明楽飛驒がなんともいえない返答をした。

「失礼を承知でもう一つ。庶民が賢いのは、お武家さまと違って、明日の保証がないからでございますよ。ねえ、諫山さま」

分銅屋仁左衛門が左馬介に振った。

「ああ。今日仕事にありつかねば、明日飢える。そうなれば、誰でも必死に仕事を得ようといたしまする。人足仕事ならば、少しでも親方に気に入られるよう、商家の用心棒ならば、筆が使えて当然、算盤もできるようになるとか、少しでも他の浪人との差をつけねば生きていけませぬ」

左馬介も論じた。

「まったくだ。放っておいても春と夏、秋の三度米を支給される幕臣とは、拠《よ》って立つ場所が違う。大御所さまほどのお方でも、無理であった理由は、ここだな」

意次が納得した。

「主殿頭さま」

大御所吉宗を批判するような意次の言いように、明楽飛騨が不満を見せた。

「まちがっておるまい。でなくば、とっくに策はなっておられなければならぬ」

「…………」

事実の前に、明楽飛騨が黙った。

「申しわけない仕儀ではあるが、余は大御所さまとは違ったやり方をする」

「な、なにを」

宣した意次に明楽飛驒が絶句した。

「大御所さまは、同じやり方を踏襲せよとは仰せではなかった。ただ、果たせと言われただけ。求められるのは経緯ではない。結果である」

「…………」

強く言われた明楽飛驒が黙った。

「なんのことかわかるまい」

じっと沈黙している左馬介と分銅屋仁左衛門に、意次が言った。

「聞きたくないというのも駄目でございましょう」

分銅屋仁左衛門が苦笑した。

「ますます気に入ったわ。飛驒、他の者が聞かぬように見張れ」

「はっ」

明楽飛驒が、部屋の外へと出た。

「拙者も遠慮しよう」

さりげなく左馬介は、明楽飛驒の後について出ようとした。

「お戻りくださいませ」

涼やかな声と一緒に、切っ先が左馬介の喉へ突きつけられた。

「えっ……いつのまに」

矢絣《やがすり》を着た御殿女中が、懐刀を手にしていた。

「来ていたのか、伊勢」

意次が声を掛けた。

「遅れましてございまする」

左馬介の喉へ切っ先を突きつけながら、村垣伊勢が意次へ一礼した。

「…………」

左馬介はもちろん、分銅屋仁左衛門も声を出せなくなっていた。

「逃げられるのはお上手と承知しておりますが……なりませぬ」

厳しく言って、村垣伊勢が懐刀の先で左馬介の喉を軽く突いた。

「あつっ……」

小さく呻《うめ》いた左馬介の喉から、血が小さな玉となった。

「な、なに者だ」

目立たないよう、ゆっくりと左馬介は鉄扇に手を伸ばした。

「もう、二夜もご一緒しましたのに。お忘れとはつれないお方でございますこと」

村垣伊勢が恥じらって見せた。

「あ、あの黒ずくめの女」

左馬介が驚愕した。

「女……そのお話はうかがっておりませんよ。諌山さま」

しっかり分銅屋仁左衛門が聞きとがめた。

「座れ、諌山」

「は……い」

意次に命じられては逆らうわけにはいかなかった。左馬介は、もとの座へ腰を落とした。

「どうであった」

意次が村垣伊勢に問うた。

「ここを見張っておる者が四名。うち一名が離れましたので、後を付けましてございまする」

左馬介の出入りを制する襖際に座って、村垣伊勢が意次の問いに答えた。

「どこへ行った」

「駿河町の札差、加賀屋でございました」

村垣伊勢が報告した。

「やはり札差か」

聞いた意次が、嘆息した。

「主殿頭さま」

事情がわからない分銅屋仁左衛門が、しびれを切らした。

「すまぬ。放置してしまったな。覚悟も決まったようだしの」

ちらと意次が、左馬介を見た。

「……日当はいただけましょうや」

左馬介は開き直った。

「なんなら、御家人にしてやるぞ」

「………」

仕官を言われて、左馬介は一瞬考えた。

「止めておきましょう。今さら、お城勤めなどできませぬ。金と米さえ有れば、なにもしなくても叱られない浪人の気楽さは捨てられませぬ」

ここまできたら、多少の無礼など気にしてられないと左馬介は断った。

「貴様、主殿頭さまのご厚意を」

村垣伊勢が、またもや懐刀を突きつけた。

「よせ、伊勢」

意次が制止した。

「はい」

おとなしく村垣伊勢が退いた。

「日雇いでいいと申すか」

「一日ごとならば、その日だけで責は終わりましょう」

左馬介がいつ逃げるかわからないと布石を打った。

「いけませんよ。諫山さま」

分銅屋仁左衛門が割りこんだ。

「諫山さまは、わたくしと月極のお約束をいたしております。主殿頭さまに雇われていただくわけには参りません」

「そうであった。今月一杯は分銅屋に雇われていたの」

「なにを言われまする。月極で更新が当然でございますよ」

「ま、待て。そんな話は……」

反論しかけて左馬介は気づいた。長屋の問題がその布石であった。長屋を無償で借りるには、分銅屋仁左衛門を納得させねばならない。

「思い出していただいたようで」

分銅屋仁左衛門が小さく笑った。

「江戸から出ていくとは……」

分銅屋仁左衛門の影響力は江戸だけである。さすがに大坂や京、博多などへ移れば、信用を一から作り直さなければならないが、なんとかなる。

「主殿頭さま」

「わかっておる。諫山、そなたの人相書きを諸国の関所、遠国《おんごく》奉行へ回覧させるぞ」

分銅屋仁左衛門に求められた意次が、冷たく逃げ道を塞いだ。

「参りましてござる」

豪商と将軍側近の二人を敵に回して、浪人に逃げ場所はなかった。左馬介は降伏した。

「では、話を聞いてもらおう。ことは大御所さまご臨終まで遡る……」

「……………」

意次が語った。

「なんと……」

左馬介は啞然とし、分銅屋仁左衛門は大きく首を横に振った。

「どうじゃ。力を貸せ。分銅屋。天下を米から金へ代えようではないか」

意次が勧誘した。

「……おもしろうございますな」

分銅屋仁左衛門が顔をあげた。

「多く穫《と》れたり、不作になったりする米に、金が振り回されているのは納得がいっておりませんでした。金が天下の主導を取る。金持ちが勝つ。五百石取りのお武家さまが、五百両取りになる」

「それは違うぞ。五百石は四公六民でいけば、手取り二百両じゃ」

意次が訂正を入れた。

「さようでございましたか。ならば、もっと簡単でございまする。年二百両以上の儲けを出す商人は、五百石取りのお武家さまよりも上となりますな」

金はあっても、武家に頭を下げ続けねばならない商人の無念さが晴れると分銅屋仁左衛門が奮い立った。

「それを口にするな。他の武家に聞かれれば、そなたの首が飛ぶ」

重い声で意次が注意をした。

「なぜでございましょうや」

「わからぬか。もし、御上以上に金を稼ぐ商家が出てきたとき、将軍家の地位が……」

最後まで意次は言わなかった。

「……浮かれすぎました」

その先を悟った分銅屋仁左衛門が顔色をなくした。

「わかってくれてよかった。もし、まだ納得いかなければ……」

ちらと意次が、村垣伊勢を見た。

「…………」

無言で村垣伊勢が、懐から手裏剣を出して見せた。

「重々気をつけまする」

分銅屋仁左衛門が手を突いた。

「うむ。そうしてくれ。余としても手を組む者は大事にしたいからの」

意次が述べた。

「では、帳面を……」

「いや、よい」

内蔵まで帳面を取りに行こうとした分銅屋仁左衛門に、意次は首を横に振った。

「どういう経緯を取ったにせよ、帳面は商家のものだ。とくに貸し方屋の帳面は、もともとなかった店のもの。それを評定所に持ちこんで、ここに記されている者たちを裁こうにも、貸した店が潰れたうえ、主、奉公人の行方もわからないのだ。表沙汰にすれば、かえって借金の請求をしてくる者がいないと教えることになりかねぬ」

意次が嘆息した。

「主殿頭さまもお人の悪い」

分銅屋仁左衛門が笑った。

「商家同士ならば、貸し借りを譲り合う、あるいは売り買いすることもございまする。わたくしが貸し方屋から帳面を買ったとすれば……取り立てに行ってもおかしくないと」

「さすがじゃの」

意図を悟った分銅屋仁左衛門を意次が褒めた。

「手を貸すのだな」

「もちろんでございまする。金で商いをしているわたくしでございます。金のためならば、いくらでも力を出しましょう」

分銅屋仁左衛門が首肯した。

「諫山さま」

「わかっておるわ。雇い主の意向に従うのは、雇われ浪人の基本である」

左馬介はため息混じりに応じた。

「結構でございまする」

聞いた村垣伊勢が、懐刀を鞘《さや》へ納めた。

「めでたい。これで大御所さまのご遺命の達成に一歩近づいた」

意次が喜んだ。

「主殿頭さま、わたくしどもはなにをいたせば」

「帳面にある二人へ圧迫をかけよ」

「お勘定吟味役さまにでございますな」

「そうよ。勘定吟味役は、勘定方でも変わった役目でな。勘定方でありながら、余得がまったくない。いや、余得を求めてはならぬのだ」

意次が続けた。

「勘定方は、いろいろなところから付け届けが来る。御上にものを納めておる商人、株仲間を維持したい商人、株仲間に入りたい商人、あらたな商いを幕府に認めて欲しい商人、お手伝い普請の見積もりを知りたい外様大名。勘定方を十年するだけで、生涯喰うに困らないという」

「はい」

賄賂《わいろ》を払う側である、分銅屋仁左衛門がうなずいた。

「しかし、百人ほどおる勘定衆で、一切の賄《まいない》を断る者がいる。こやつが勘定吟味役になる」

「賄をもらわない勘定方……馬の群れの麒麟《きりん》」

思わず、左馬介はみょうな譬《たと》えを口にしてしまった。

「そうだな。そして、その麒麟が勘定吟味役に選ばれる」

「お金を断ってまで、どうして勘定吟味役に」

不思議そうに分銅屋仁左衛門が首をかしげた。

「名誉だの。勘定吟味役になるというのは、清廉潔白な人柄と御上が認めたも同然だからの」

「名誉で飯は喰えませぬ」

左馬介は鼻を鳴らした。

「武士にとって、名誉はなによりも重い」

村垣伊勢が口を挟んだ。

「浪人にとって名誉よりも、命が重いわ」

左馬介は言い返した。

「諌山さま」

冷たい声で分銅屋仁左衛門がたしなめた。

「うっ……」

左馬介は口を噤んだ。

「伊勢も一々突っかかるな」

意次も注意をした。

「はい」

村垣伊勢がうつむいた。

「話を戻そう。勘定吟味役は、十二人勘定頭から選ばれ、在任中の手柄次第では、遠国奉行、勘定奉行、二の丸留守居まであがれた。これは、百俵で支配勘定という下役人としては、望外の出世じゃ。ああ、支配勘定から勘定組頭は選ばれる」

意次が説明を加えた。

「百俵から、勘定奉行なら三千石だぞ。足高ゆえ、本禄は増えぬとはいえ、慣例で十年以上その席に在れば、ふさわしいだけの家禄に加増される。三千石とはいかぬが、千石にはなれるのだ」

「千石……百俵から千石」

左馬介は息を呑んだ。

「当然家格もお目見え以下から、お目見えにあがるうえ、跡継ぎは千石として初役を命じられる。千石となれば、役方なれば、小納戸か、同じ勘定方でも組頭からの出発になる。将軍家の身の回りのお世話をする、親が生涯のほとんどを費やした地位だ。その後の出世はいうまでもあるまい」

「己一代が金の苦労をしても、末代まで優遇される」

分銅屋仁左衛門が唸った。

「そうよ。ゆえに勘定吟味役は余得に手を出さぬ。少しでも金をもらえば、それで終わりだ。勘定衆の目付たる吟味役が賄を受け取っていたとなれば、その罪は重い。お役御免どころか、切腹、改易になる」

「当然でございますな」

分銅屋仁左衛門が首肯した。

「その代わり、勘定吟味役は勘定奉行や大奥にも手出しができる。もっとも、その両方を訴えては、周りの反発を買うので、あまりその辺りには手出しはせぬが……」

またもや意次が語尾を濁した。

「わかりましてございまする」

それ以上は不要だと分銅屋仁左衛門が言った。

「なにをすればよいかは、わかりましたゆえ」

「よいな」

告げた分銅屋仁左衛門に意次が喜んだ。

「では、これでの」

意次が腰を上げた。

「お見送りを」

「また来る」

頭を下げる分銅屋仁左衛門に手を挙げて、明楽飛騨、村垣伊勢を従えた意次が去っていった。

「……怖ろしいお方だ」

意次が見えなくなったところで、分銅屋仁左衛門がため息を吐いた。

「どういうことだ」

左馬介は問うた。

「見張られているとわかっていながら、堂々と姿を見せた。だけではないよ。わたくしに見送りをさせた。これで、相手にわたくしを取りこんだと教えた」

「巻きこんだ……」

「これからは余が相手になるとの、宣戦布告でしょうなあ」

二人は顔を見合わせて、店へ入った。

「分銅屋どのよ。さきほど、なにをすればいいかがわかったと言われていたな」

「はい。最初にすることだけですがね」

分銅屋仁左衛門が応じた。

「なにをするのだ」

「あの帳面を使って、近藤さまと千種さまを脅す。いや、取引をする」

「取引……」

左馬介は怪訝な顔をした。

「さようでございますよ。勘定吟味役は、勘定方と大奥の悪事を知っている。表に出していないだけで」

「それを訊き出すというのか」

左馬介は驚いた。

「なにをするにも、最大の壁は金と女でございますからね。その両方を押さえられたら、主殿頭さまの目指される策は、なりましょう」

「狙われるぞ。主殿頭さまはお側御用取次だ。上様の側近への手出しはできまい。それに付いている二人は手練れ、そうそうやられまいが、こっちは拙者だけぞ」

無茶だと左馬介は首を強く横に振った。

「大丈夫でございますよ。町奉行所は主殿頭さまが押さえて下さいましょう。勘定奉行はそういった配下をもちません。いかに諫山さまが剣術が得意ではないといわれても、勘定方に負けることなどございますまい」

「さすがに、剣を抜いたことがないという算盤侍に負ける気はせんな」

左馬介もうなずいた。

「となると、敵は米を守りたい商人だけ。となれば出てくるのは、そこいらの無頼か浪人。それも徒党というほどの数は、町奉行所に目をつけられます」

「少数か……」

考えるように、左馬介が腕を組んだ。

「ということでございますからね。頼みましたよ」

「ああ、日当分は働こう」

無理はしないと左馬介は告げた。

「無頼を防いでくれたときは、別にお手当てを出しましょう」

「一分……」

「はいな。金は命より安うございますからね。それでよろしいな」

「おう」

手当て一分に、左馬介はやる気を出した。

「ふうん。また主殿頭さまが分銅屋へねえ」

報せを受けた加賀屋が眉をしかめた。

「分銅屋は、あの貸し方屋の遺したものを手に入れた。それに主殿頭さまが興味を示したとなると、いささかまずい。危険な芽は大きく育つ前に、摘み取るのが吉だね。どれ、ちょっと顔を見てくるかね。分銅屋という金貸しの顔を」

加賀屋が単身で分銅屋へ向かった。

一度脱いだ雪駄《せった》へと履き替えて、店を出たところで分銅屋仁左衛門は、呼び止められた。

「分銅屋さんのご主人で」

「さようでございますが、あなたさまは」

「加賀屋と申しまする」

「失礼ながら、加賀屋さまと言われると、あの札差の」

「はい。駿河町で札差稼業を営んでおりまする」

尋ねた分銅屋仁左衛門に、加賀屋がうなずいた。

「これはお見それをいたしました。加賀屋さまほどの大店のご主人が、わたくしどもの店に来られるとは思いませんで」

分銅屋仁左衛門が頭を下げた。

「いいえ。分銅屋仁左衛門さまのお噂は聞いております。また蔵を建て増しなさるとか。この景気の悪い時期に、お見事だと感心いたしておりまする」

「おかげさまで、なんとか商いを続けておられまする」

加賀屋の称賛に、分銅屋仁左衛門は謙遜した。

「こんなところで立ち話もできませぬ。どうぞ、おあがりを」

分銅屋仁左衛門が加賀屋を客間へと通した。

「しばらくお待ちを」

加賀屋を残して、一度分銅屋仁左衛門が身形を替えるために中座した。

「分銅屋どの。加賀屋といえば、さきほど主殿頭さまが言われていた……」

「のようでございますな。いや、驚きました。名乗られたとき、よく顔色を変えなかったものだと、己で己を褒めてやりたいところで」

居室で分銅屋仁左衛門が左馬介と話していた。

「どうするのだ」

「なにをしに来たかわかりませんからね。とりあえずは、相手の話を聞きますよ」

「拙者はどうする」

「見張っている連中が、店に暴れ込んでこないように、注意を」

「わかった。表ではなく、裏を見張っておこう。さすがに、このにぎやかな浅草門前で目立つようなまねはせぬだろう」

左馬介は勝手口の木戸の警固に付いた。

「ところで、わたくしどもに御用の向きは」

客間へ戻った分銅屋仁左衛門は用件を問うた。

「お取引をお願いしたいと思いまして」

加賀屋が答えた。

「わたくしどもと加賀屋さんが」

分銅屋仁左衛門は目を剝いた。

両替商としての分銅屋は小さい。貸し方屋としての商いのほうがはるかに大きい。札差も一種の金貸しである。金貸しが金貸しと手を組んでも客を喰い合うだけで、どちらにとっても利はなかった。

「加賀屋の両替を一手にお任せしましょう」

「それはまた」

ふたたび分銅屋仁左衛門は驚いた。

加賀屋は江戸でも指折りの金満家である。その資産は十万両とも言われている。そのすべてを蔵に置いているわけではなく、どこかに貸して運用しているだろうが、それでも数万両は店にある。その数万両も小判、分金、銭、小粒など統一されてはいない。その金を小判に両替するだけで、数百両の手間賃は望めた。

「ありがたいお話でございますが……」

うまい話には裏がある。目先の儲けに飛びつく商人は、長持ちしない。分銅屋仁左衛門は渋った。

「わかっておりますよ。いきなりすぎて、信用できませんでしょう」

「…………」

うなずくわけにはいかない。加賀屋のことを疑っていると言うも同じであった。

「もちろん、ただでというわけには参りません。今出した条件は代金だと思ってください」

加賀屋が分銅屋仁左衛門に目を合わせた。

「なにをお求めで」

分銅屋仁左衛門が緊張した。

「隣にあったものをいただきたい」

「……っ」

加賀屋の要求に、分銅屋仁左衛門が息を呑んだ。

「あれは一両替屋が持つにはいささか重すぎましょう。分よりも大きなものに手出しをするのは身を滅ぼしますよ。売ってしまって、身分の合わないお偉い方とのおつきあいも切られたほうが長生きできると老婆心で申しあげますよ」

「やはり……店を見張っていたのは」

今気づいたと、分銅屋仁左衛門が息を呑んで見せた。

「おや、お気づきでしたか。いけませんね。お素人衆にわかるようでは、話になりません。今度はもうちょっとできる連中に代えましょう」

加賀屋がまだまだ手の者はいると圧迫をかけてきた。

「それは脅しでございますか」

「いえいえ。とんでもない。分銅屋さまの一言で、要らなくなるものでございますよ」

反発を見せた分銅屋仁左衛門に、加賀屋が手を振った。

「いかがでございますか。十分な利を、お側御用取次さまよりは大きな金をお渡ししますよ」

「…………」

決断を迷うように分銅屋仁左衛門が黙った。

「分銅屋さん、わたくしの下にお入りなさい」

帳面を寄こせと、加賀屋が手を出した。


〈つづく〉

あとがき

「日雇い浪人生活録」をお届けいたします。

ハルキ時代小説文庫さんでは初めての作品でございます。昨年の春、ご依頼をいただき、お受けして一年、ようやく完成させることができました。

普段の私の作品とはできるだけ雰囲気を変えたつもりです。主人公は情けないその日暮らしの浪人です。一日働けば、翌日生きていける。必死でなければやっていけない庶民の代表です。

そして時代は、田沼時代の前夜を選びました。田沼意次《おきつぐ》といえば、どなたもご存じの賄賂《わいろ》政治の主犯、江戸時代を通じて五代将軍のおこなった生類憐《しょうるいあわ》れみの令に匹敵する悪政を布《し》いた人物として名を馳《は》せています。

金を出せば出世させてやる。じつにわかりやすい権力者というイメージがあります。

そのお金が主人公となった時代の幕開けを舞台といたしました。

さて、この物語を始めるにあたって、もう一度江戸時代のお金について調べました。

新しい読者の方が、時代小説に馴染《なじ》めない理由をなんだといえば、第一が官職と人名、第二位がお金ではないでしょうか。ひょっとすると逆かも知れませんが、お金のややこしさは現代の比ではありません。

まず、江戸時代には三つの貨幣がありました。小判に代表される金貨、重さで金額の変わった銀、そして銭《ぜに》です。

小判については、皆さまよくご存じでしょう。時代劇で鼠《ねずみ》小僧がばらまき、越後屋が悪代官に贈る饅頭《まんじゆう》の箱の底に敷き詰められている江戸時代を代表する貨幣です。

小判の下に分金《ぶきん》、またその下に朱《しゆ》金があり、これらは四進法で小判に対し、決まった価値を持っていました。その他に小粒《こつぶ》金という大きさで値段の変わる金貨もありました。

銀はなまこ銀に代表される貨幣で、これは重さで使われました。ちょうどの支払いになるよう、鋏《はさみ》で切って秤量《しようりよう》しました。

最後の銭は、銭形平次《ぜにがたへいじ》で有名な寛永通宝《かんえいつうほう》を主とするもので、庶民はまずこの銭だけで生活しておりました。

どこがややこしいかといえば、小判と銀、小判と銭、銀と銭の比率が、変動するということです。もちろん小判などの金貨の質の影響はあります。最初の慶長小判は重さ四・七匁《もんめ》（約十七グラム）で金含有率が八六パーセントでしたが、幕末の万延《まんえん》小判に至っては重さ〇・九匁（約三・三グラム）含有率五六パーセントていどまで落ちました。これを同じ金額として扱えと言うのは無理があります。当然のことながら、幕末はこの小判のお陰で大インフレーションとなりました。

その他にも小判と銭の相場にかかわったものがありました。

米です。

江戸時代米一石《こく》は一両であったようです。もちろん、凶作や豊作が過ぎたときは、変化が出ていますが、そう捉えて大きなまちがいはないと私は考えています。

米はよく穫《と》れれば値下がりし、少なければ値上がりする。需要と供給、いえ、余ればば安くなり、足らなければ高くなる。商売の基本です。これが一両の価値も上下させたのではないでしょうか。

米の値段が安くなったので、一両も下落、銭との相場が動く。そしてその逆。こうして一両は四千文《もん》になったり、六千五百文になったりしました。

金貨、銀貨、銭貨。これだけでもややこしいのに、それが変動する。たまったものではありません。

これをなんとか理解したい。それにはどうすればいいか。現代に照らして、一両は幾ら、一文はどのくらいを推定できれば、随分わかりやすくなるはずです。

相場や時代での変動を無視することになりますが、まあ、仕方ないとしてください。

まず一石のお米が今ならいくらか。一石は約百八十キログラムです。今、米十キロを買えば四千円くらいでしょうか。とすると一石は七万二千円になります。安すぎませんか。

私もよく作中で使いますが、一両有れば江戸の庶民一家族が一カ月生活できたそうです。現代と違い、所得税、消費税、住民税、健康保険などがない江戸時代ですが、それでも七万二千円ではやっていけないでしょう。

では、所得から類推してみます。

平成十七年度ですので、いささか古いですが東京都が発表した警察職の平均月給はおよそ三十五万七千円だそうです。国家公務員になる警視正以上を除いた警視以下の平均です。

時代物のお好きな方はピンと来られたでしょう。そうです。東京の警察官は、江戸時代における町同心に比せます。警視や警部などは与力と考えるべきで、その方たちを外して月収を考えなければなりませんが、まず三十万円くらいで大きな差はないと思います。

では、町同心の収入は如何《いか》ほどでしょう。町同心は三十俵二人扶持《ふち》です。一人扶持は一日玄米五合支給ですので、年にして五俵、二人扶持だと十俵になり、本禄《ほんろく》と合わせて四十俵になります。幕府は一俵を三・五斗《と》としておりました。四十俵は百四十斗、すなわち十四石です。これは玄米支給ですので、精米して一割の目減り、手取りはかなり乱暴ですが、十二石というところになります。一石一両で年十二両、月収にして一両です。東京都の警察職平均が一カ月三十万円、町同心が一カ月一両。ここから一両は三十万円と類推されます。

米換算で七万二千円が、人件費換算だと三十万円になる。差がありすぎます。

もう一つ、食べもので換算してみます。江戸時代のかけそばは十六文が多かったようです。そして現在駅の立ち食いそばは二百円ほどではないでしょうか。二百円を十六文にし、一両を六千文と考えれば、七万五千円になります。お米に近い数字となりました。

では、一両は七万円少しと考えていいか。それほど単純ではありません。

ここに江戸時代の土地取引の記録があります。朱引《しゅび》き内の土地、今の二十三区内です。およそ八十坪の土地が四十両で売り買いされてます。一両七万円だとすると、わずか二百八十万円にしかなりません。これは安すぎます。ならば、一両三十万円とすると一千二百万円です。これでも安いですが、まだ妥当でしょう。

以上の計算からわかるのは、一両の価値を現在に反映するのは無理だということです。しかし、これでは意味がありません。

人件費と土地で計算するからおかしいのです。日本は前世紀バブルという興奮を経験しました。土地だけでなく、株も上がり続け、金の価値が軽くなってしまいました。人件費も高騰を続け、あっという間に倍になりました。

私事ですが、私がかつてやっていた歯科医院では、バブル前のアルバイト時給は四百五十円でした。それが最後は九百円になっておりました。倍です。

先ほどの東京都警察職の平均給与もその伝と考えれば、一両は十五万円になります。米やそばに随分近づきました。

とはいえ、十五万円ではかつかつでしょう。税がなく手取りとはいえ、厳しいはずです。そこで先ほどの米とそばを思い出して下さい。米とそばの値段が安い。これを食料品全体だと考えれば、生活できます。砂糖などの贅沢品《ぜいたくひん》は別です。毎食そばというわけにも、外食を続けるということも現実的ではありませんが、十六文を三食、四人で三十日続けたとして五千七百六十文ですむのです。ぎりぎり一両で足ります。当たり前ですが、家賃と被服費を加えれば赤字です。とはいえ、毎回外食でなく、家で調理すればもっと安上がりです。余裕はなくともやっていけたでしょう。

十五万円で一家四人が生きていけた。これは生活必需品が安いという前提のもとです。

いずれ消費税は上がるでしょう。今、どれを軽減税率にするかで政府と行政、業界が折衝を続けています。

軽減ではなく、生活必需品だけでも無税にできないものでしょうか。衣食住だけを優遇するなと言われるでしょうが、人はその三つがなければ生きていけません。まして消費税は日本人のすべてに負担を強いるものなのです。生まれたての赤ちゃんのミルクから、お年寄りの医療費まで老若男女かかわりなく、平等という美名のもとに課せられます。

税金が上がるのはやむを得ません。国民の多くが選挙で与党に投票した以上、それについては認めるしかないからです。

一億総活躍を今の政府はスローガンにしています。すばらしいことです。是非、実現していただきたいと思います。子供の世話があるから、親の介護があるからと仕事をあきらめている人が多いそうです。今度の増税はその対策にも使われることでしょう。使われるはずです。

先ほど人件費が高すぎると言ったその口でとお叱りを受けるでしょうが、保育士さん、介護にかかわる人たちの給与は安すぎます。わずかな期間でしたが、病で寝たきりになった親を介護した経験からも断言できます。薄給でさせるのはまちがいです。

税金がない代わりにインフラ整備もろくにされなかった江戸時代のほうがいいとは、

口が裂けても言いませんが、少し見習ってくれてもいいのではないでしょうか。

江戸は気遣いの時代だったとも言われています。子供は町内で面倒を見、老人を労《いたわ》り、隣近所仲良く過ごしていたそうです。これは、幕末、日本に来た多くの外国人が書き残している事実です。

税金を取らなかった代わりになにもしてくれなかった幕府と、今の政府は違います。国は民の寄る辺。政治家、官僚の皆さまはそう考えておられると確信しています。

きっと江戸時代よりも現在のほうがずっと幸せだと信じつつ、その日暮らしの浪人が一生懸命生きていく姿を紡ぎたいと考えております。

どうぞ、このシリーズもよろしくお願いをいたします。

平成二十八年春　桜の便りを聞きながら……

上田秀人　拝

原稿を確認している最中に、九州で大きな災害が起こってしまいました。被災された方々に心からお見舞を申し上げます。一日も早く日常を取りもどされますことをお祈りいたします。

解説

細谷正充

おめでとうございます――と、まずは祝いの言葉から始めたい。なぜならば上田秀人の著書が、二〇一六年三月に徳間書店から刊行された『傀儡《くぐつ》に非《あら》ず』で、ついに一〇〇冊に達したのである。最初の著書『竜門《りゅうもん》の衛《えい》』の出版が二〇〇一年四月だから、十五年で一〇〇冊ということになる。といっても最初の何年かは年間二、三冊のペースであった。それがしだいに人気を獲得し、いまでは月刊すらオーバーする勢いで新作が刊行されている。まさに現在の歴史・時代小説界を支える、重要な作家のひとりとなったのである。

さて、その作者の『傀儡に非ず』だが、戦国武将の荒木村重《むらしげ》を主人公にした歴史長篇だ。戦国ファンには周知の事実だが、主君である織田信長に反旗を翻した村重は、一年間にわたる籠城戦を遂行しながら、家族や家臣を見捨てて逃亡。一族郎党が誅殺《ちゆうさつ》された後も命永らえたことから、勇猛果敢といわれた彼の名声は地に落ちたのである。

そんな村重の人生を、作者は丹念にたどりながら、彼の謀反の理由にとんでもないアイディアを投入。数々の、文庫書き下ろし時代小説と同様のインパクトを、読者に与えてくれたのである。まさに作家生活の節目に相応《ふさわ》しい傑作だ。

ところで作者が、記念すべき一〇〇冊目の主人公に、荒木村重を選んだ理由はどこにあったのだろう。もちろん、かねてから胸中で温めてきた題材であることは間違いない。でも、それだけとは思えないのだ。

ここで留意したいのが、村重の信条だ。苦労人だった父親の薫陶を受け、幾つもの戦《いくさ》を体験した彼は、生き残りを至上とするようになっていたのである。その主人公像を、作者と重ね合わせてみればどうだ。作家にとって生きることは書くこと。他人からどのように思われようとも、己の思うままに過ごせる日々を愛《いと》おしんでいるラストの村重の姿に、好きな物語を書き続けようという作者の決意が込められているのではなかろうか。

実際、作者の意欲は止《とど》まるところを知らない。御広敷用人・留守居役・表御番医師・内与力・禁裏付などなど、バラエティに富んだ設定の主人公が活躍するシリーズを、次々と放っているのだ。また、近年では地方に注目し、主人公を遠方に派遣することが多い。新たなチャレンジが、常になされているのである。

それは一〇四冊目の著書となる、本書『日雇い浪人生活録一　金の価値』にもいえる。なんと上田作品初の、浪人が主人公の作品となっているのだ。主人公の役職を生かして、組織と個人の相克を描くことを得意とする作者が、江戸のフリーターともいうべき浪人を主役に据えて、いかなる物語を創作するのか。さらなる挑戦に、本を開く前から期待が高まるのである。

九代将軍徳川家重《いえしげ》の治世。親の代からの浪人者の諫山《いさやま》左馬介《さまのすけ》は、顔馴染《なじ》みの棟梁《とうりょう》の紹介で、割のいい仕事にありついた。雇い主は、浅草にある両替屋の主人・分銅屋《ふんどうや》仁左衛門《にざえもん》。彼の依頼は、買い取った隣家の片付けであった。その隣家は駿河屋《するがや》といい、旗本相手の貸し方をしていたが、商売がうまくいかず、一家揃《そろ》って夜逃げしたそうだ。日雇いの肉体労働に比べれば楽な内容に、ホクホクとしながらも、真面目《まじめ》に片付け仕事をする左馬介。ちょっと不審な帳面を見つけるが、迷うことなく仁左衛門に差しだした。そんな左馬介の仕事ぶりに対する、仁左衛門の評価は高い。

しかし帰宅時に、何者かにつけられるなど、この仕事を始めてから、左馬介の周囲は騒がしくなる。原因は、左馬介が見つけた帳面らしい。どこか底の知れない仁左衛門に見込まれ、金のために片付けを続ける左馬介だが、駿河屋で火を付けられたあげく、命まで狙われた。いったい帳面には、いかなる秘密が隠されているのだろうか。

一方、命旦夕《たんせき》に迫る大御所の徳川吉宗《よしむね》は、己の治世の拙速を嘆いていた。財政再建を焦って実行した政策により、幕府に金の無いことが天下に明らかになってしまったのだ。九代将軍である嫡男の家重のことを心配する吉宗は、側用人の大岡出雲守忠光《いずものかみただみつ》を通じて、小姓番頭《ばんがしら》の田沼主殿頭意次《とのものかみおきつぐ》に、幕府財政の再建を命じる。そのため意次は、お側御用取次に引き立てられた。吉宗の考える再建方法は、経済の中心を米から金にすることらしい。だが、意次には、その方法が分からない。お庭番を配下に得た意次は、ささいな繋《つな》がりから知った仁左衛門を訪ね、協力を求める。これにより仁左衛門に雇われている左馬介も浪人でありながら、巨大な政争と権謀の渦に巻き込まれていくのだった。

本書のテーマは経済である。下世話にいえば〝金〟だ。徳川幕府と嫡男の家重のために、経済基盤を米から貨幣へと代えようとしながら、田沼意次に託さざるを得なかった吉宗。その命を受けながら、無理解な武家社会の中で、なかなか策を見つけられず、ようやく分銅屋仁左衛門という協力者を手に入れた意次。しかし状況は流動的であり、早くも敵対勢力が蠢動《しゅんどう》する。波瀾万丈《はらんばんじょう》のストーリーに乗せて、享保《きょうほう》の改革から田沼時代の幕政改革に繋がる、壮大な経済の動きを活写することが、作者の目論見《もくろみ》であろう。

しかし経済は、大局観だけで語り切れるものではない。そこに、浪人の諫山左馬介を主人公にした意味がある。浪人者は武士として扱われるが、実際の立場は庶民。寺子屋の師匠など、手に職があるのはましな方で、多くの者は日雇い労働者として、その日暮らしをしている。先にも書いたが、まさに江戸のフリーターだ。そんな浪人の生活を、作者は冒頭から克明に描破する。わずかな金に汲々《きゅうきゅう》とする左馬介の姿があるからこそ、経済の末端が露《あら》わになるのだ。

だから本書は、独自の面白さを獲得している。消費税が八パーセントになった途端に消費が落ち込んだように、経済政策は人々の暮らしと直結しているもの。そうした経済政策に翻弄される庶民の在り様を、作者は左馬介の巻き込まれた騒動を通じて、喝破してのけたのである。そして、マクロとミクロの複眼的視座により、経済の本質が、浮き彫りになっていくのだ。

もちろん上田作品の魅力である、チャンバラ・シーンも抜かりがない。剣の腕は人並みで、特に自信はないという左馬介。しかし己の生活がかかっているとなると逃げるわけにはいかない。甲州流軍扇術《ぐんせんじゅつ》と呼ばれる鉄扇術《てっせんじゅつ》を使う彼は、鉄扇を腰に敵に立ち向かうのだ。常に工夫を凝らしたチャンバラを見せてくれる作者だが、まさか鉄扇が出てくるとは思わなかった。

ちなみに鉄扇とは、扇の形をした打撃武器である。親骨が鉄製で小骨が鉄や竹で、実際に扇として使えるものと、扇の形に鉄を鍛造したものがある。本書の鉄扇は、左馬介が拡《ひろ》げる場面があるので、前者であろう。一九七七年に新人物往来社より刊行された、名和弓雄の『図解　隠し武器百科』の鉄扇の項を見ると、「鉄扇の使用技法は、打つ、受ける、払う、突くなどで、長大なものは、十分に刀と対抗できる。鉄扇術という独立した武術が数流あり、今日まで伝承されている」と、記されている。左馬介の鉄扇術によるチャンバラは、けして荒唐無稽なものではないのだ。ついでにいうと鉄扇及び鉄扇術は、現在ではネットで簡単に知ることができる。ちょっと検索して確認してみれば、左馬介の鉄扇チャンバラを、より深く楽しめるだろう。昔は、こうしたマイナー武器の演武や試合など、まず見ることは不可能だったので、いい時代になったものである。

閑話休題。タイトルからも分かるように、本書は新シリーズの第一弾だ。まだ物語の方向性に不明な部分があるが、巻を重ねるにつれ、どんどんヒートアップしていくことは間違いない。そういえば、徳間書店の文芸誌「読楽」に載った著作一〇〇冊突破インタビューの中で、次の目標を聞かれた作者は、

今年はありがたいことに、書下しだけで一四冊の注文をいただいています。一〇

○冊まで十五年かかりましたが、それよりは早いペースで次の一〇〇冊を達成できるかもしれません。ただ、今後も体力が続くかわからないし、仕事があるかもわからない。目の前の一冊をきちんと仕上げるということを積み重ねて、生きている間になんとか二〇〇冊は達成したいですね。

と、いっている。〝仕事があるかもわからない〟というのは謙遜が過ぎるというものので、この調子と人気を維持するならば、二〇〇冊達成も可能であろう。その二〇〇冊に向かう仕事の中で、初めて浪人を主人公にした本シリーズは、重要な位置を占めることになるはずだ。さらに上田秀人の作品世界を拡大した、シリーズの行方が楽しみでならないのである。

（ほそやまさみつ／文芸評論家）

本書は、ハルキ文庫のための書き下ろし作品です。

時代小説文庫

う 9-1

日雇《ひやと》い浪人生活録《ろうにんせいかつろく》㊀ 金《かね》の価値《かち》

著者 上田秀人《うえだひでと》

2016年5月18日第一刷発行
2016年6月8日第三刷発行

発行者 角川春樹

発行所 株式会社 角川春樹事務所
〒102-0074 東京都千代田区九段南2-1-30 イタリア文化会館

電話 03(3263)5247[編集] 03(3263)5881[営業]

印刷・製本 中央精版印刷株式会社

フォーマット・デザイン& シンボルマーク 芦澤泰偉

ISBN978-4-7584-3998-5 C0193

http://www.kadokawaharuki.co.jp/[営業]
fanmail@kadokawaharuki.co.jp[編集] ご意見・ご感想をお寄せください。